人是时间的随从　却有太多的主张

时间的随从

刘晓岚

著

随笔·诗歌

Time
Attendant

Essay

Poetry

经济管理出版社
ECONOMY & MANAGEMENT PUBLISHING HOUSE

图书在版编目（CIP）数据

时间的随从/刘晓岚著. —北京：经济管理出版社，2018.6
（2019.6重印）
ISBN 978 - 7 - 5096 - 5909 - 0

Ⅰ.①时…　Ⅱ.①刘…　Ⅲ.①随笔—作品集—中国—当代
Ⅳ.①1267.1

中国版本图书馆CIP数据核字（2018）第169608号

组稿编辑：宋　娜
责任编辑：宋　娜　张　昕
责任印制：黄章平
责任校对：陈　颖

出版发行：经济管理出版社
　　　　　（北京市海淀区北蜂窝 8 号中雅大厦 A 座 11 层　100038）
网　　址：www.E - mp.com.cn
电　　话：（010）51915602
印　　刷：三河市延风印装有限公司
经　　销：新华书店
开　　本：720mm×1000mm/16
印　　张：19.75
字　　数：225 千字
版　　次：2019 年 1 月第 1 版　2019 年 6 月第 2 次印刷
书　　号：ISBN 978 - 7 - 5096 - 5909 - 0
定　　价：68.00 元

自序

　　《时间的随从》主要选录了笔者自 2016 年以来的部分随笔及诗歌，记录过往某时某刻的所思所想。光阴荏苒，生活需要憧憬，对未来的憧憬，也需要回顾，对过去无尽的回顾。作家和有作家倾向的人总是不免絮絮叨叨，任思绪随时间飘荡，我曾以此自居无愧，深以为然。

　　每个夜晚，当我把那些深受触动的感觉变成文字时，一种如释重负之感油然而生，虽然思绪断断续续，有深有浅。已往者不可复，将这些瞬间所思甚至有些偏颇的想法及时记录下来，是为了纪念，也是为了在以后合适的时间继续思考，繁忙的工作留下了太多的来不及，亦属必然。我是如此热爱这些瞬间触动的思想和感觉，这些提示性的文字，记录着此时，也启发着彼刻。未来，当再次与它们相遇时，希望触动新感觉。

　　致谢我的 90 后新老朋友，看着他们成长，让我感到愉快而神奇，他们的欣赏对我更是一种激励，我们生活在同一个时代，如此之好！

刘晓岚

2018 年 5 月

目录

Essay 随笔

I

时间的随从

喧嚣过后是沉寂。

当白天成为过往，

夜晚来临，

忧思难忘的感觉悄然而至。

时间中发生的各种故事，

总有些沉淀下来，

如影随形，

当它们成为文字的时候，

附带的各种思想感情也保留下来，

成为时间的一部分，

以"时间的随从"为题，

是对时间最大的敬意，

我们都是时间的孩子。

目录

金融是寂寞的行当

在金融业分分毫毫的计量过程中，时间裁夺着结果。就像大地上各种生物秘密的生殖，一旦完成伟大而神秘的震动，其余的时间则是等待，需要耐得住寂寞，稳得住心神，或者如农民般安守春夏秋冬、昼夜冷暖，急不得。现代文明倡导效率，也不能和时间作对，所有的成功都很寂寞。

金融是寂寞的行当，尽管存在着喧嚣也需要喧嚣。即使资本和股权这两个高度受宠的词汇，在现实生活中发挥威力也还是需要时间，太急迫就会出现问题，主观的愿望被客观现实教训，让资本打了水漂或者让股权烟消云散，虚妄造就虚幻，成为无可挽救的痛。由人创造的各种工具包括金融工具，怎么可以独立于现实生活呢？回归本源，离土地近些，再近些。

至于投资，这个艰深也简单的行当，基本也是时间的结果。只是太多的人忍受不了寂寞，或者寂寞难耐频繁改变主张，输给了时间，损失了金钱。从事金融职业的人都知道，利息是时间的复利，这个复利的前提是方向正确以及一以贯之的坚持，如果没有足够的时间和克制，经常听风就是雨、改弦易辙，复利是不存在的。

这个平常的道理基本适用于各个领域。如同每个人是自己的后裔，思想容貌及精神气质等无不是长期积习的累积，认识不到是学习不够，行为不到是自律不足，更可贵的是自知之明，勇于承认力不能及转而从事力所能及之事，不勉强、不强求、不和自己作对，这看起来很难理解，做起来也比较困难。金融投资和时间为伴，耐得住寂寞很重要。

社会普遍繁荣之后，人们何以对财富更加迷恋

虚妄及其吹牛，任何时代都存在，不独此时。但是将虚妄与吹牛发展到炉火纯青，聚敛钱财并且追随者众，就不仅仅是一个简单的社会现象了。历史上，人文主义者很少没有吹牛的习惯，但是这种吹牛无伤大雅，大不了是文人虚妄、兴之所至，既改变不了现实也改变不了生活，至多为后人留下关于想象力的谈资，而将虚妄与吹牛用于投资融资，则大不同。

把想象说成事实，信誓旦旦，仿佛天下因一言而变。办公室待久了难免生出局促之感，以为世界即将变化于顷刻。殊不知无论怎样惊世骇俗的事件，都改变不了人们的衣食住行、吃喝玩乐。世界真正的进步体现在生活方式上，至于政治战争最终都屈服于庸常的生活，我们可以在书本上、影视上再现历史，我们认为的历史，而真正的历史则一去不回。

社会普遍繁荣之后，人们何以对财富更加迷恋？

物质极大丰富之后，人们何以对吃喝开始警觉？健康的第一要义在于能量的摄取，没有足够而丰富的能量，即使思想也

会变得软弱无力，疾走或者节食是当代城市人口比较在意的问题，我们真的已经富足到可以远离能量的地步了？人们为拥有的财富流转生息，却不知道生息何用，越来越多却好像越来越不够用，为虚妄以及吹牛者提供舞台，演绎当代戏剧，残酷、诡秘，痛且惜。科技在进步，人性在踏步，此类观点可以将就着解释关于投资融资的诸多现象，也只有将就着解释了。分析再透彻也解决不了现实问题，还不如留下精力去打球、散步或者谈天说地。

在各种即生即灭的行为或者活动中，某类事件可以长久地触动人们的神经，比如借钱不还或者投资失败，虽然人们总是回避此类问题，但这些问题并不因回避而消失，可能存在得更恒久。在阅读了各种报告之后，某些看似潦草不经意的话语触发了灵感：人类的虚妄存在多久，文明也将存在多久，或者相反。

忠诚是个好品质

忠诚首先是对自己的肯定，只有那些对自己坚信无比的人，才更乐于顺从和服从。在时间日积月累的过程中，忠诚的人由于坚持和坚守，不仅得到岁月的眷顾，也证明着选择的正确。忠诚在教科书中找不到，却可以在很多历史悠长的伟大组织中被发掘，那些沉默淡然，却始终如一的坚守者，耐得住寂寞，守得住繁华，不紧不慢地度过每一天。

世界只有一个主宰，其余是随从，随时听命执行的随从。

一个随从可以有丰富的情感，也可以单纯如赤子，但不要自己忘记是随从。要理解这一点要和许多天性抗衡、要花费很多时间，甚至终其一生。最好是换个角度，即假如我们不是随从。一个伟大的企业家曾经直白地评价不忠诚：他们不是当家的，不会明白当家的想法。他们总是这么幼稚，无法明白这个社会的现实，也无法明白所谓生存就是一种不得已而为之的无奈状态，世界上哪有这么完美的事情。

忠诚是不排斥才华的，也不排斥特立独行的思想。才华和思想是为组织和个人的发展服务的，而不是起阻碍作用的，忠诚的大敌是心思游移、飘忽不定。世间百艺中，也许只有艺术家可以特立独行、变幻无常，但是艺术家要想把艺术才华变成现实生产力，也得遵循社会的一般规则。在这个问题上还是在我们这样的大国的民间表述更彻底：心往一处想，劲往一处使，看到的是团结，背后的是忠诚。当然，理解离做到还很远，但毕竟是一种进步。

最伟大的幸福是顺从

劳动，适度劳动最快乐，这种快乐的感觉和专注相关、和单纯相伴。当我们专注单纯的劳动时，无论体力还是脑力，都是快乐的，当然也不能太过高估劳动的快乐，挥汗如雨种庄稼谈不上快乐，如果不是秋天随之而来的果实，种庄稼的快乐可能比不上在树荫下乘凉、谈天说地更快乐。倡导劳动说明人们对劳动的认识存在巨大的分歧。在经济学成为显学的当代，精于计算的韦伯主义者更喜欢不劳而获？不能妄下结论，观者自行斟酌吧。

幸福，最伟大的幸福是顺从。顺从意味着内心的接受，或者深入骨髓的爱。低眉俯首，把爱看得很高，把自己降得很低，心甘情愿，千百种温柔，身体和精神合力，共谋享受无尽的沉醉，直至进入梦境。

痛苦，任何生理的不适都可以引起痛苦。痛苦是无法克服的，时间是最好的疗痛剂。把痛苦变成快乐需要非同寻常的自强之术，至于强大到什么程度，不太清楚。

委婉，除了谈情说爱，我们不需要委婉。由于生命的限度，无论政务还是商务，直接是最好的表现形式。情感需要委婉，犹如顾炎武食甘蔗，渐至佳境。

时间的随从，有太多的主张

时钟滴滴答答，时间不紧不慢。

人是时间的随从，却有太多的主张。金融街上空的云朵随风飘移，而楼宇里的思想却离不开投资生利。一段一段的讲话以及一条一条的制度时刻约束着创新的奇思妙想，也时刻催生着弯道超车的技艺。那些灵活强健或者不怎么强健却也一刻不休的个体，一面试图相互拥抱、一面试图彼此伤害，带来生机和活力，也带来烦乱。

货币计量着时间，时间承载着万物。凡事都标个价，也许是时代的进步，但是这样的进步有时会伤害感情。时间的随从既有喜怒哀乐也有悲欢离合，见过太多的风景，连他自己都是时间的一部分，如何定价是个难题。

但是另一方面，没有价格的市场无法维系、没有价格的交易犹如一份没有条件的契约，纯粹是一种虚幻，即使慈善也不能没有货币，所以还是定个价吧，有总比没有强，这是不是可以解释某些价格很随意。如果厌倦了条理清晰、逻辑严密的分析，这个观点可以凑合着用一段时间。

贫瘠的土地需要殷勤侍弄，肥沃的土地需要严加看守。我是时间的随从，恪尽职守，你也是，虽然你更关注火锅以及烟酒糖茶，更热爱生活！

忧思难忘的时刻源起于繁荣

金融街的车辆川流不息，二环路亦然！

金融街的行人川流不息，二环路亦然！

在人类所有修建的道路中，川流不息代表着生机，也代表着社会的繁荣，但具体的人是否每时每刻都被繁荣的心思包围，就不见得了。忧思难忘的时刻源起于繁荣，也许金融街聚集着最忧思的头脑，所有涉及投资、发展、繁荣的问题基本均始于寂寞，就像秘密的繁殖，就像所有的伟大作品均诞生于时间的悄无声息，虽然总是免不了有个隆重的揭幕以及热情的致辞，把好愿望充分表达一番，用尽多少华丽的辞藻都不嫌多！

把写作当作消遣不是明智之举。虽然写作有很多好处，可以避免和人交往可能带来的争端，以及节约体力等等，但是写作犹如一个人的战争，不仅消耗体力更耗费精力，甚至伤神伤气，幸亏我对传统中医了解寥寥，也就不多计较了。

作为消遣的写作还是要有个选择好。撰写原则性要求需要视野和襟怀，撰写教条需要逻辑清晰，撰写汇报总得弄清楚问题的前世今生，至于投资获利，我看没有谁能写清楚，虽然很多专家信誓旦旦视自己如真理，其实真理很少公开露面，对于投资获利这件事最终的结果往往由运气平衡。望着远去的云朵以及高耸如白骨的建筑，也许会有几个人接受我的观点吧。

喧嚣过去是沉寂，尽管喧嚣也代表快意，沉寂也代表落寞。人类所有的忧思神伤、七情六欲在安静中更彻底，看着二环路车流不息，我想我该休息了！

对立的观点及其转变

我们总是从渺小的自身看待问题，不可避免地陷入自我的天地。

无论什么问题，只要一提出来，就会有各种评价观点，两种对立的观点更是针锋相对：这边说"我们认为"，那边也说"我们认为"，都以我们的名义标榜自己，并且痛陈观点的正确。"如果说得绝对一点，这种评价方式等于给人翻手为云、覆手为雨的机会"。

但是人这般物种就是有这个能力，动物世界基本不做此等无为的评价和争论，直接采取暴力的方式了结，认为什么不重要，谁最后胜出才重要，手段为目的服务，首先要有足够的力量，哪怕是野蛮的力量。至于是否长久，人们一旦投入行动，就基本不考虑长久这类问题了。

政治上的左派或者右派，经济发展史上的乐观和悲观，以及当下资本市场上的多方和空方等，作为对立面长期存在着。谁也说服不了谁，倒也并不是有多么水火不容。

除了少数的坚定不移者，大部分还是可以转化或者分化的，认识的局限以及认识的改变，身在其中的人会自然调整。彼此相互倾轧立盟又背叛当属正常；面对迅速的变化，三番五次地改变立场也属正常。如此，才看出耐力和定力的重要。当然，即使耐力和定力也要随时代的风云际会，顺势调整，求得动态平衡，而且是相对的。

其实，人的认识本可以简单天真，不必事事复杂多变。作为时间的长河中转瞬即逝的一个波浪或者一滴水，顺势而为更舒畅，所以，没有必要对随波逐流采取批评的态度，只是随波逐流掌握起来也非易事。

普遍舆论都有些偏激

"每个世纪的普遍舆论都有些偏激，这是不变的规律。"此言不谬。

当媒体指向一个又一个热点问题，然后沉寂消失、无影无踪，时刻证明着人类健忘的本性，令人惊异。从这个现象出发我们也许会得出一个结论：喜新厌旧的本性似乎永无止境。如果稍微缓和一下情绪，喜新厌旧也许反映着时代的风向，即社会普遍繁荣带来的新问题。

人们不必为填饱肚子挖空心思了。古今中外，历史上曾经出现的饥馑甚至发生过人吃人的惨剧，通过各种可以查询的文字能够发现，这样的时代并非久远，即使在当代地球上的某个角落，由于某种极端情况出现同类相残、饱腹充饥的事也可能存在，人类身上残留的野蛮天性由于物质的极大繁荣被隐藏了，或者文明暂时压倒了野蛮。当代社会发明的饮食零售业极大地推动了社会文明，表面上看食品增加了，背后反映着的是社会的稳定繁荣。

也正因如此，节制饮食成为时尚。人们用在吃东西上的时间在减少，用在讲话上的时间却在增加，并且令人难以想象地增加。凡事都要曝光，评论无数、道理成堆，发表着不仅和常理有段距离，而且永远也达不到真理的指导和评论。或许指导和评论本不重要，重要在于表达，而不在于表达的内容，说了什么并不重要，关键在于说话本身。

那些普遍舆论满足着人们偏激的情绪，为修炼日常的温和做准备。

讨论时间不如回避

人什么时候超脱身体的局限？把一切交给热议的人工智能，甚至日常的琐事也不用亲力亲为，并且还能长存不息，现代科技带来的幻想是否会改变时间中的人？各种思虑带来的虚妄也许盛极一时，只要生命还是肉身之躯，时间就是生命，生命就是时间存在的过程，任谁也改变不了。

对于金钱特别关注的人，时间就是金钱（Time is money）；有历史感的人认为时间是变化的，古代的诗人曾经充满伤感地写出"年年岁岁花相似，岁岁年年人不同"的诗句。在孔夫子所言"逝者如斯夫，不舍昼夜"的变化中，人的无数梦想与期待甚至爱，都一去不返，在某个时刻，万事皆休，人的变化在诗人的眼中更悲剧。

讨论时间不如回避，就像我们回避这个世界上的很多事。被探究探寻以及好奇引领的思想，在某些问题上必须有所节制，知其无可奈何、安之若命是个好选择，关键是态度好，一副顺其自然的态度可以应对很多事，尤其是应对那些热血贲张的互联网新贵，看到他们不遗余力地强调效率，为一碗粥也要采取在网络挂单奔跑的服务方式。送粥方式的改变是进步吗？各种米面仍然来源于大地，人也要亲口把这些东西纳入腹中，而中间的过程却被分解得异常复杂。把平静的时间瓜分成若干不断的行动，科技推波助澜，却仍然改变不了时间的存在方式，滴滴答答、不紧不慢。

人们在时间中生活，无可取代。除去需要效率解决的某类问题，生活的很多好感来源于浑然不觉，淡然、有趣或者投入、专注的劳动和思考，等等。感觉美好是最大的富有成效，忘记了时间、记住了人，生活在时间中的人！

转瞬即逝或永久存在

转瞬即逝或永久存在。

时代变迁带来的新感觉，就像秋天来临，有清爽也有凉意。人们怎样对待转瞬即逝的感觉以及永久存在的某些记忆？遗忘或者强化，借助各种表达形式，记录着时代、记录着属于时代的感觉。

由于要做的事情太多，在宏大与细微之间，在理想和现实之间，在变化和恒定之间，人们一边忙于不断派生的各种公务，一边关注着生活中的各种变化。时代的匆匆脚步几乎由不得人深入思考，一个观点尚未懂得，另一个观点已经诞生。人们在接受中努力理解着或者任由想象发挥，从不同的偏见和狭隘的自我出发，解释着时代现象，自以为理解了，更多时候是误解和误会阻断着理解，转瞬即逝，了无痕迹。

但是，更多的生机勃勃和丰富多彩让误解变得美丽，如同透过迷雾看到的花朵，依然是花朵，依然美丽异常、新鲜怡人，散发着无可阻挡的鲜艳和活力，展现着旺盛和新奇的生命力。人们离开家乡或者回到故里，迁移，持续不断地迁移，就像花粉在空中飘浮，寻找着适宜自己的栖息地。

责备少一点或者换成赞美。属于时代特征的终究被时代记住，变动不居或者始终如一都是品格。一个人的远途带来的遐思无限，被梦想牵引的人四海为家，无所畏惧，或者他的思想中从来没有如此的概念，让转瞬即逝的歌声成为永久存在是他的使命，也是他的乐趣，他感受得更多，具体是什么，我不知道。

和时间和睦相处

时间周而复始地轮回，我只看到了花开花落。

被互联网冲昏头脑的各路创新者，怀抱几乎疯狂的激情，提出层出不穷的新概念，眼花缭乱、匪夷所思，仿佛人类已经进入新境界，如果新境界是由各种尚未得到时间检验的新概念组成，我想人类已经 N 次进入新境界了。

现实是围绕生活所做的各种创新，都没有离开衣食住行最基本的需求。新媒体一直不遗余力宣传的共享经济，也许是最不经济的创新了。共享单车、共享房屋、共享充电宝等等，共享确实是一个美妙的词汇，是民主和谐社会理想的资源利用方式。但是，现实我们看到的却是资源极大的浪费，规模不经济，很可能让投资打了水漂。也许在未来的某个年头或者时代，共享经济是基本的经济形态，但目前显然是早了点，出生太早是遗憾。

另外的遗憾是互联网购物，人们的新鲜劲一过，互联网电商开始向实体靠拢，或者叫作回归吧。互联网电商老板仍然改不了夸张的互联网语言，但对实体店重要性的认识倒并不夸张，家门口就可解决的刷牙洗脸洗菜做饭之类的日常事务，何必再上网淘来淘去？为喜欢刷屏的人留个窗口，剩下的还是眼见为实好，还可以顺便见识一下面貌各异、神情不一的陌生人，相见是缘或者冤家，离不开偶然或者神奇的接触。

凡事利弊相伴，不偏不倚最难得。能够避免陷入某种周期率，才是最大的创新，持续稳定地存在着，和时间和睦相处，也有自己的轨迹。

还是做时间的随从吧

在向时间展示的一系列敬意中，钟表是人类对时间最忠实的表达。虽然我们不见得每天都珍惜时间，甚至胡乱挥霍着时间，误以为时间就是金钱或者各类物质，或者就是了无尽头的欲望，但是我们还是很在意时间为我们提供的一切，包括顺应时节，一知半解地在城市的楼宇街道间感受着时间的滴滴答答，不时观看指针，忘记了天色。

世界上的钟表不计其数，它们的存在数量基本都超过了拥有它们的人。在参观一个比较小型的钟表展览之后，看待时间的态度发生了一点变化，在意还是不在意呢？就像经常盘旋的某类问题，如果思考二十年没有什么进展，再过二十年可能仍然一无所获。某些问题可能根本不是我们考虑的问题，虽然我们倾心尽力，甚至多愁善感，任由盲目的激情泛滥，或者冷静无边让某些可能突变的时刻悄然溜走。

还是做时间的随从吧！就像一个人对另一个人无边的爱甚至奴役！尽管曾经发生过无数次的误解，人们仍然可以找到自己的存在，在温度骤然改变、树木葱茏的初夏，即使时间不紧不慢，某些时刻的倦怠和疲倦还是消解着亢奋。时间是人的主人，人是时间的随从。让我们暂时打个盹吧。

把时间安排好

　　了无穷尽的工作在消耗时间和精力的同时，也激发着想象力，如此的想象力虽然不是每时每刻都那么温馨宜人，或者离温馨宜人相差十万八千里，某些意想不到的好念头还是值得记下沉思，仿佛矗立于时间中的各种物品，充实着拥有的感觉，把感觉物化为文字，想象力充当着神秘的使者。

　　现实触发的问题很多，想到哪里写到哪里，不为难自己就是对自己的宽宥，真实的情况却是不断地自我警觉：要把时间安排好，不能虚度。

自我表达的快乐

　　自我表达的快乐。

　　蝉鸣声声，八月寂寥。即使暑热难耐，各种喧哗还是接连不断，纷纷表达着对这个世界的看法，从大国局势到家长里短，从衣食住行到生老病死。大自然从容不迫，接纳着各种喧嚣，沉寂以待。

　　时间不过是一种幻想。人们的诉求大抵相当，同样的品位、愿望、激情或者志向。对生活的渴望被无数梦想牵引，经常偏离了方向。痛与欢乐，爱与遗弃以及种种的身不由己，带给人们更多的思索。人们在表达中陈述着对生的种种认识，卑微与高尚经常结伴而行，或者它们基本就是神兽合一的结果。每个人都有表达的自由，那是属于个人的快乐，是达到自我认知和自我肯定的必由之路，也顺便促进了身心健康。

每个人都有表达的自由，精神的追求不见得都是理想主义，也存在种种不堪。但是，不管怎样，积极的人生总是被激情浸染，犹如鲜花铺路的感觉，给时间披上华丽的外衣，尽管时间并不在意，但是生活在其中的人非常在意，在意这种非同寻常的特别时刻。

所以，当我们为每一个寻常的表达表示赞许，就是对表达本身的肯定，无关乎内容只关乎情感，对生命如此的热忱点赞可以上升到境界的高度。这样的土壤需要现实不断地培育浇灌，如果互联网信息在未来的某个时刻做到这一点，时代将从进步的道路上实现跨越，人们的精神和感情也将从漫长的岁月中得到提升，人类完全可以发展成为一个新物种。至于是否还需要表达呢？表达将永远存在下去。

知与行，是个古老的命题

喧嚣依然，不断重复和告诫的知行合一，四处弥漫。大多数人仅仅是鹦鹉学舌，说说而已。理解是少数，做到的更是凤毛麟角。但这不妨碍这种观点养活了很多人，岂止这个观点，从古至今，不知有多少真知灼见世世代代养活着一批又一批的人，他们自诩为文化传承者或者其他什么名目，有时一知半解、有时深陷其中，和时代隔膜，让人类的思想在迷乱中前行或者倒退。

知与行，是个古老的命题。很多看似谁都知道的东西，其实没有几个人能够真正做得到。现实的很多事可以印证，投资是一例，种地也是一例，人们太关注结果，总是希望种地之后就打粮，而时间却像个不紧不慢的孩子，有他自己的节奏。所以，很多的知是只知其一不知其二，很多的行是浅尝辄止。那些真正理解了知与行的人，基本都像个苦行僧，看起来孤独而平凡，简单而平和，仿佛不知道存在那么多复杂的道理。

每天四处宣讲投资理念的人就像不好好种地的农人，匪夷所思地介绍种地秘籍，却殊不知天时地利人和的收成是在尊重常理前提下的顺势而为。能够理解各种宣讲者急于布道的热情，却无法接受那种急不可耐的态度，凡事需要耐心，知与行亦如是。

自觉自省，既是进步也是遗失

时事繁杂，在和时间共谋的岁月中，马可·奥勒留的沉思，无数次安抚着人们的精神和心灵，也安抚着我。少年庭院中求知若渴却也不甚明了的阅读，在北京四月的傍晚，忽然产生一种不曾有过的雄浑与悲壮。"识迷途其未远，觉今是而昨非"，自觉自省，即使一点点的自觉自省，都既是进步也是遗失。在和时间和睦共处的时刻，诞生反目的情绪，挑战着平静，催生着烦乱。

我用辩证法安慰着自己：凡事正反两面，仅仅是个选择问题，或者仅仅是个意志问题。

其实，在对待时间这个问题上，如同我们对待自己、对待他人，远没有表现得那么宽宏大度。我们是时间的孩子，却是任性的孩子，亘古至今生存的哲理写满书页，却还是被自身绊倒，既要还要又要，没完没了。被欲望统治，被虚荣绑架，被各种匪夷所思的物品困扰，本不需要那么多，却总觉得少！

有时面目狰狞，偶尔如花似玉。看看只有在当代才有的颜值美誉以及层出不穷、虚妄无度的生活，自身的真实面目离标榜的差远了，却没有止境地美化着，直到大自然漫不经心地揭开令人心碎的面纱、直到伤心欲绝、直到隐忍回避。马可·奥勒留从灵魂深处流淌出来的文字告诫我们：

在喧哗都市中整日忙碌的人们，要有闲暇反省自我，不断学习、历练人生；要保持心灵的宁静，减少欲望、淡泊名利；要珍惜眼前所拥有的，只有现在才是重要的；坚持"理性"的人生观，遵从"本性"地生活。

现在才是最重要的，让我抽支烟吧，感想至此，动身吃饭。

弃旧图新，臻于至善，是个没有止境的过程

寂兮寥兮，八月正午。

弃旧图新，臻于至善，是个没有止境的过程，尽管这个过

程充满荆棘坎坷。同样认识到与做到也并非坦途，坚持的时候少，放弃的时候多；要求他人的多，严苛自己的少。

八月正午，寂兮寥兮。蝉鸣声声，草木安然，泥土和草木的气息融汇在一起，散发着潮湿蕴热的味道。自然淡然的存在昭示着季节，草木葱茏寂寥繁盛即是八月，精力旺盛即是人的盛年，果实尚在生长中等等。那个著名的画家在解释着一个人要取得巨大的成就需要安静的心理，非常安静的心理，而他喋喋不休的论述在印证着他的不安静成就着他的名望，或者在追求功名的道路上需要的不仅仅是安静，烦躁或者不厌其烦的表现更有助于获得名望。

要求别人恪守的却是自己摒弃的，画家的作为折射着生活中的某类人，言行脱离到连自己都不知不觉。多数时候，我们没有要求一个人尽善尽美，甚至不要尽善尽美，我们都是充满缺陷的人，都走在可以看到尽头的路上，只要保持真就是完美，作画好不必诗富才情，容貌佳、心智略疏、善良即可，一个君子也大可不必每日端坐如偶像，只要是活生生的人，优点和缺点共存，真实即好。

"有斐君子，如切如磋，如琢如磨"，富有文采的君子们对自己的修为，都要像对待一些坚硬的骨角，切之磋之；像对待坚硬的玉石，琢之磨之，对自己的修为如是。我不知道当代人有几个能做到？也不知道做到了还能从事什么行业！画家陈述的理想做人境界非常迷人，像他的画作一样迷人，而他的思想却没有践行意义，都是古老的说教和对他人的要求。

八月正午，曾经存在的陈旧气息亲切熟悉，画作比语言更真实，远离比接近更亲。

历史是由具体的人塑造的

虽然历史不可逆，倒也可以变化万千。逝去的一切可以重生，重生于一代又一代人的思想观念中，通过文字、戏剧以及对时间抱着极端认真态度的人塑造着各种各样的历史，茫茫无际，证明着人类的存在，或残酷或幸福，没完没了，无始无终。只是生活在时间中的人，循环往复生生息息，不停地从头再来。

生育是大事，始于婚姻。负责传宗接代的婚姻除了门第，健康是首要，强健的身体依赖于获得充足营养的能力，胃口要好、运动充足等等。当代人对婚姻的考量基本以拥有砖瓦灰砂石的数量计，其他一切退居其次。从生物意义上的生存到社会意义上的生活，人们更关注财务经济。为什么社会普遍繁荣之后，人们的忧虑却增加了呢？在有限的时间度量范围内，哪些才是最值得关注的问题？或者可以忽略哪些问题？

如此的疑问不仅消耗着心智，基本也是一个无解的问题。从历史的角度看，人们曾经明白过很多道理，最终都遗忘在时间的长河中，从头再来，不是不厌其烦而是迫不得已。生育的下一代是从走路说话开始发育成长的。同时代的人仿佛被注入莫名其妙的疫苗，决定着他们的生存方式迥异于上一代，潜移默化或者突然改变。生活的历史不同于战争史或者军事史，生活的风向标缓慢也迅即，随时准备着改变方向。看看当代人是怎么演绎历史的，时而郑重其事、时而犹如玩笑，打发着物质繁荣时代的时间，浅薄而快乐。

生活在历史中的人，渴望发生铭刻历史的事件，也希望安享和平。矛盾重重快乐多多。看看媒体或者人们的话题，从一个焦点到另一个焦点，证明着人类确实不同于动物。家禽或者宠物小狗基本都依赖同一个召唤，而人却随时可以被各种讯息引领，发表着各种言论，仿佛无限接近真理，尽管真理很少袒露真容，需要经年累月之后偶尔露面。看到了问题所在却无力阻挡是某些专家的专利，与其如此还不如沉默不语，接受着已经发生的历史然后进步。

这样的变化每天重复

变化，虽然变化这个词在某些时刻令人伤感，却是一个不得不接受的现实。现实生活如即生即灭的戏剧，过去就过去了，留住可能徒增伤感。但是，人们还是不遗余力地保留原貌，或者对原貌倾心异常，古老的建筑、书籍以及各种物品，安慰着人们对变化的无奈，也催生着人们对变化的渴望。

信息技术可以让人充分感受变化，虽然这些变化并没有什么稀奇。吃喝玩乐、生老病死这些问题仍然是人生的基本问题，任谁也回避不了。浪漫主义者很难接受这样的现实，而现实主义者认为这个现实未免庸俗，像我这样高度认同"无可无不可"的人，也认为整天吃喝玩乐满足感官不值得提倡。无奈，一到了吃饭时间，对吃喝的情趣便开始上位，思想和胃口合谋向往饭菜，精神彻底向物质妥协，这样的变化每天重复。

坐而论道总是简单的，光靠沉思默想解决不了任何问题。所以，接受变化，还是接受变化吧。在时间的河流中，物质和精神一直变动不居，形式多样。

不要把事物看得太透彻

由于某类书晦涩难懂，没有出名所以也就很少骂名。遭到广泛的谩骂和遭到广泛的喜爱一样需要出名，坏名气和好名气一样重要，如果经得起众说纷纭，担得起那一份莫名其妙的名气以及名气带来的种种是非，名气很重要。

芸芸众生纷纷表达着生的快乐，通过书籍、通过影视媒体以及各种传播渠道，证明着存在以及存在的很好或者不如意。真实的生活犹如脱掉外衣的躯体，离完美甚远，且各种缺憾伴随终身。所以，一个真正热爱生活的人就不要把事物看得太透彻，否则快乐不起来。有句俗语叫作难得糊涂，讲的就是懵懂中存在着不可言说的快乐，或者更深的含义是不明不白想得开，太懂则梦碎。

所以，读书特别是读不入流的书籍最大的优势在于可以了解生活的真谛，那些司空见惯的鸡毛蒜皮自有其乐，只要心怀快意总是好的，甚至比那些参透人生、充满人生教诲的教条更有价值。发生在身边随意的小事确实消耗心智，但应付庸常生活需要的小技巧唯有此类书籍可以提供，我们不能指望一个具有宏大理想的人蝇营狗苟，但是某些不得已而为之的局促之事总得直面以对，不入流的书籍可以解决一些不入流的人和事，这一点很重要。

超凡脱俗作为一种追求好，作为一种生活状态糟。随行就市的生存之道，某些时候也可以作为应变之道，在这一点就不能以好坏计了。枯燥乏味的书籍从诞生那一天起就决定了存在的命运，默默无闻却也有安身之地，看来这个世界宽容无边接受着所有，并不怎么在乎名气，只是生活在其中的人对名气倾注了太多精力。

时过境迁少了坚持？

有些东西必须在年轻的时候获取，错过了这个最佳时间，他就不会再有这个机会。

国家、民族或者组织，在成长期，在达到繁荣的关键时期，保持最热切的兴趣以及新鲜感，是创造的原动力，如果再加上冒险，一定是走在繁荣的征程上，身处其中，认识到这个相对重要的发展阶段，甚至是充满灵性的自我认知，和通往繁荣的行动一样重要。

从反面来说，就像一大片森林遭到彻底的砍伐不会再生长出参天大树，如果原初的兴趣和兴奋点受到抑制，那个繁荣的时段就根本不会出现，仿佛一个人，错过了最重要和最具决定性的青年时代。

所以，阶段性和相对重要，不仅仅是自我认知的调整之策。人们的认识东奔西突地发展着，观点千差万别，道理都很简单，不过是思想经常被分散，时过境迁少了坚持而已。

人的宿命与历史的天命

生活在时间中的人，生活在具体时代中的人，日常生活的景象变化也恒定。围绕吃喝拉撒睡不尽的循环往复，精神在暗中不停地发号施令，时而不知不觉，偶尔骤然而至。

某种生活状态占据上风，是时代风尚使然，各种因素都在发挥作用。人的辨识能力远没有达到人们自以为的那样，尽管科学技术在人们的生活中发挥着前所未有的作用，但是应用能力的提升并不等于生活态度的提升，也不意味着借助科技手段可以改掉蛰居在身体内的坏毛病，有些遗憾的是，好习惯和坏毛病也许同时存在，一时半会解决不掉。

受到视野的局限，任何人可能都避免不了教条地理解经典，仿佛要把时代拉回某个历史曾经存在的时期，大力倡导古风古韵，殊不知生活在那个时代的人也是纷争迭起，各有各的烦恼愤怒，愤世嫉俗和安守宁静只是人的精神状态使然，思虑过多无益。某个学者自身的局限在于，花着国家的贡奉研究自己的学问，教条地理解经典，把经典看作是一切思想、行动的典范，其实这不过是特定时代作为人追求的目标或者是目标之一。

当然这不是学者的过错，不是一个人的过错。人们很难同时看到路两边的风景，同样地，一代人有一代人的认识和活法，不是其他百态不存在，而是被不经意地忽略或者来不及，或者当时只认定一种人生目的，其他一切被抛至一边，这是人的宿命，历史的天命。

土地、房产及其股权

土地、房产及其股权。

谈论土地如同谈论自身，说不清道不明又离不开，所有的迷恋与依赖都不足以承载全部的内容，于是退而次之，回到具体的现实中来。

土地是踏实和具体的。人是生活在土地上的动物，无论富足与贫瘠，土地对于生存都具有绝对的意义。出于对土地的依附以及生存的需要，土地一直是占有和被占有、剥夺和被剥夺的中心。所有的繁荣和凋敝都与土地有关，而土地安然存在，默然接受着人类无穷无尽的狂想。

对于生活在具体时代的人，可能无暇顾及太多。那些受惠于改革开放，依靠土地发展攫取利益的开发商，抓住了发展的先机，依靠土地、依靠被分割的空间楼宇攫取利益，并且不断被膨胀的欲望牵引，在资本的引领下，通过大大小小被分割的股权，编织着令人匪夷所思的故事，繁殖出一个怪异的物种，寄居在城市的砖瓦灰砂石中，把所有的快乐寄托在一个又一个空间，学不会与大自然和睦相处，也找不到属于自然和单纯的快乐，尽管曾经向往过、期待着，却每每走向希望的反面。

谈论土地如同谈论生命本身，需要慎重以待。地产商眼中的土地是以平方米计的房子，投资者眼中的房产是升值空间，投机者思虑的是产权分割成股权，他们可能是一体的也可能是暂时的联合体，而作家悲天悯人，把房产及其衍生物变成文字书写人间悲欢。谁存在得更久远呢？

时间的长河起伏跌宕。盛夏的中午蝉鸣声声，大自然发出盛情邀请，那是大自然本能的呼唤，呼唤着人们从各种或宽敞或局促的空间走出来，和草木共呼吸，记住和珍爱土地。

土地上到处存在着不听话的随从

时间是人的主人，人是时间的随从。

但是，土地上到处存在着不听话的随从，和主人纠结着，满脑子混乱的思想和行动，还时常高举自由、民主、独立的大旗，摇来晃去，甚至偶尔的顺从也是为了伺机谋反，最后却倒在时间的怀抱，在主人的拥抱中昏昏睡去。

生活在时间中的人，"想"和"要"占据了太多时间，时间绵长无穷无尽，大地似乎也来者不拒，宽宥无边。人们用力气和才智或者阴谋诡计在土地上施展抱负，最终也不过是填饱肚子，但是否应该如此理解也成为一个问题。在暑热来袭、倦怠缠身的午后，这样的理解应该没有什么问题。"圣人为腹，去彼取此"。如果圣人尚在，也只能睁一只眼闭一只眼了，分歧和纷争到底不会有什么大碍，说说而已。

各种博物馆在展示人类成就的同时，也毫不留情地展示着众生的无奈，留下一个物件作纪念，曾经存在的纪念，曾经的英雄豪气化作各种物品以及文字颐养后人，是福祉还是遗祸？各种展览也没有忘记记述那些革命者，仿佛蛮人摧毁和重塑着一切，毫无吝惜。革命者和那些满怀悲悯的圣哲，最终都随着时间消失在岁月的苍茫中。

我的朋友缓慢清晰地介绍着：利益、需要和愉悦使人彼此接近，但也促使人分离。他忽然停顿下来，轻松质朴地建议：让这些物件安静地待着，咱们去吃火锅吧！

严肃庄重，是对懒散娱乐的对抗

一天的大多数时间，工作时最郑重。

生性严肃的人，最好的状态就是工作，在社会普遍富裕之后，工作意味着一天的大部分时间神情专注，精力集中，思考和行动都很明确，从而避免了无聊懈怠以及对生命发出解决不了的疑问。

严肃庄重，是对懒散娱乐的对抗。

趣味发生了变化

投资，这个词汇中的显贵使众生痴迷忘记了节制，声闻草动就认为机会来了。投资，这个属于某类人的职业工具，普罗大众趋之若鹜。今晚，雄安新区成为投资客或者类投资客的新宠，关于"房子是用来住的，而不是用来炒的"的警示又被忘记在九霄云外，众生喧哗。

也许，一代人有一代人的兴趣点。放在历史的烟尘中，几年几十年发生的过往或者未来根本算不得什么，但是对于生活在具体时间中的人，也就这几年几十年的展现时间，在前人的基础上为后人搭桥铺路，身在其中经历着种种幸与不幸，或者来不及思考，或者思考更多。

城市是具体的，繁华与落寞均在人为。"旧时王谢堂前燕，飞入寻常百姓家。"一只燕子经历的繁华与落寞，是人的感受，燕子不过是经历了不同的存在方式。但是被主观和自我操控的人类基本不如此看待问题，他们在欲望和贪婪中创造着属于自己的落寞与繁华，无关乎成功，仅关乎过程，这不仅是社会治理的难题，也是人性无法克服的弱点，也许更是优点吧！

傍晚，在不甚畅通的道路缓缓前行。一百年前，前门是北京的繁华核心，现在东交民巷、六国饭店、八大胡同已成往事，倒是某些不伦不类的大戏台印证着繁华的没落。四十年前，西单、东单最繁华，现在燕莎、大红门最繁华。如果一个城市以繁华计，繁华也是会漂移的。

人们希望某些区域繁华长盛不衰，但是新一代人的趣味发生了变化，这个趣味是什么？恐怕神仙也搞不明白，况且真正的神仙对投资并不感兴趣，世界上存在的宗教没有一个是以投资为主旨的，倒是那些投资成功的人皈依了宗教，做起了善事，甚至著书立说，道济天下，彰显人文情怀。

适当管理是最大的爱

民主时代的人民非常自由，自由到可以对任何事品头论足，发表真知灼见或者"歪理邪说"。各种信息设备以及传媒把这个世界每天发生的大事小情不停地推送，社会依靠传播信息养活着一批人，助长世界的喧嚣与躁动，也带来快乐和忧虑，没有时间孤独寂寞，或者孤独寂寞更加灾难深重！

人民的名义很重要，但是对人民进行教育也很重要。

人民言论自由，可以对任何事发表意见，并且可以迅速传播出去。低头不语的沉默者，很可能正感受着一条讯息的暴风骤雨，和不同位置的人一起蓄积内心的激动或义愤，暗流涌动躁动不安。对人民的教育与管理是社会的责任，不是可有可无，而是必须。社会需要稳定，发展需要耐心，问题需要一件一件解决，某些游弋不定的意愿很可能销蚀良好的初衷，对人民适当管理是对人民最大的爱。人民有善良的意愿，人民也有不太善良甚至盲目的意愿。听风就是雨，如果变得人多势众，就是大问题。任何寻求稳定的社会，都会有个主流意见，关乎主旨尤其不能分散。

随便翻看网络媒体页面，各种匪夷所思的信息以及诉求不都是组成人民的个体发出的吗？千奇百怪、无所不包，当我们赞美自由的时候，是否先想想人民究竟需要怎样的自由？

时间掌控着投资的运气

时间掌控着投资的运气。

深陷柔美的音乐幻觉中被投资顾问惊扰，他要讲讲投资哲学。

好观点要与人分享是好事，特别是分享已经成为一种经济形态，几乎泛滥成灾的时候。

我强调过，夜晚九点以后最好不要谈及金钱以及与金钱有关的事，即使是与财富有关的专业书籍，夜晚九点以后也最好不看，那些晚上盯盘的外汇交易人员除外，还有个例外是：不好意思拒绝他人的好意或者如此热心的分享等。种地打粮食是为了填饱肚子，夜晚种地会惊扰庄稼静默的生长，但并不是所有人都能理解。

投资是哲学，我很不以为然。如果投资是哲学，只能说明哲学没有很好地指导人们的行为。投资是运气还差不多，至少当下投资犹如撞大运或者赌博，热点轮转，此起彼伏。真实的现实是：即使方向明确，选对了企业，实绩的产生也是需要时间的，怎么如听风就是雨般的感觉那般快？

经常被举例说事的投资大鳄，几乎都是被时间荣宠的幸运老者。所有那些和人性弱点抗衡的投资事迹，不仅严把投资准入关，更难得的是不紧不慢和时间和平相处，看不到任何的焦虑急躁，安然等待着成长，投资的成长，一副坦然从容状，可爱有加的模样，令人感到变老不是一件烦恼忧虑的事。任何人终有一老，也终有一别，从这个意义上看，坦然面对时间往往也能坦然面对财富，拥有财富也许就是顺便的事。

某部描述意大利文艺复兴时期的书中曾经描述老者的可爱，这种可爱在下一辈看来还有尊敬和敬畏的意味。这种感觉一定会存在的，能经历那么多在芸芸众生中胜出，本身就是非常了不得的事，如果尚安享世间的美妙繁华，慈眉善目，对年青一代就是警示：谦逊简朴应该成为年轻人的美德，好运气要逐步获得，和自己的岁月同步或者大器晚成，夜晚心急火燎地传授投资哲学似乎不妥，热情可暂。

能不能给庄稼生长的时间？即使投资哲学在夜晚也会睡意绵绵，好梦成就运气，祝投资好运。

水与钻石，以及引发的资本

在研究劳动价值理论时，一个悖论瞬间吸引了斯密的注意力：水是所有物质中最有用的一种；钻石，几乎没有什么实际用途。然而，水的价格只不过是钻石价格的一个小小的零头。

和地球上其他动物不同，人类给形状、颜色、稀缺程度等一些对于"满足人类需要"并无"突出贡献"的性质赋予了一定的价值。他们努力在石子中搜寻钻石和红宝石，生理上的需求可以得到满足，而欲望，用斯密的话来说，"似乎皆是永无止境的"。

那个时代的思想家们尝试以新的视角看待事物：无穷的欲望非但不是摧毁世界的毒瘤，反而是拯救世界的良药，它正是历史长河中涌动不息的那股力量，它使历史的面貌清晰可见。

同一时期的思想家休谟断言：现代的奢侈并不是在腐蚀人的品质，而是锤炼人的品质。另一位思想家曼德维尔写道：正是对于感官享受的追求使人类的奢侈无止无休，但这些正是我们所需要的。

尽管，斯密提出了不同于远古和中世纪对于奢侈认识的新角度，但是斯密本人却太过偏爱朴素与节制，他甚至总结概括了一句非常经典、却并不广为人知的格言：雇用很多工人，是致富的方法；养活许多家仆，是致贫的途径。

斯密认为：在财富增长的实现方式中，通过最普通，也最显而易见的方式，节省并积累他们所获得的部分财物。节俭，看起来不仅占有优势，而且占有极大的优势。

无论这个论据有多么单薄，它至少涉及斯密体系的重要元素之一——资本。资本的积累秘而不宣，通过个人的节俭和巧妙经营，资本悄无声息地逐渐积累起来。

此时，任何对斯密感兴趣的人都会肃然起敬：斯密的理论是否构成体系已经不太重要，其中涉及的重要观点已经值得深入研究和深入了解了。

各种市场都直接指向时间

多年不见的朋友问如何看待美国加息，其实各种观点在加息之前基本都已经论述很多遍了。我确实谈不出什么新鲜观点，况且我对各种关乎金融的新鲜观点基本采取敬而远之的态度，还不如谈谈菜价，虽然一个月也买不了几次菜，但对菜市场的情有独钟却远远大于金融市场。

金融市场的复杂程度可以通过价格体现，而几分几厘或者多少个 BP 的定价确实只应该出现在它们应该出现的场合，比如金融街的楼宇或者某个交易所。离开特定的时间和地点，就应该换个话题了。如同做饭和吃饭的时间应该有个距离，边做边吃应该不是常态。

也许金融市场的参与者并不如此认为。

当然，在任何市场中，和价格一样重要的因素还有时间。时间看不见摸不着，金融家们却能够把货币和时间联系起来，并且起个冠冕堂皇的名字：货币的时间价值，让金钱货币在休息日也滋生利息，令古今中外的道德学家所不齿。在这个世界上，道德学家不齿的东西太多，而混迹于各种市场的从业者并不怎么在意，他们只在意如何滋生更多的利息或者盈利，多些，更多些，毫无悔意。谈这样的话题虽然非常无趣，但没有影响到久别重逢的好兴致，再一次证明情谊可以战胜分歧，和怎么看待金融市场并没有关系。

有一点还是值得深思的：金融市场以及背后承载的各种市场都直接指向时间。在向时间妥协的各种方法中，医疗、技术、健康以及生活态度和价值观念决定着生存的质量和生命的走向。从这个意义上看，对金融市场的加息或减息给予必要的关注，很有必要。

人多势众，无可阻挡

人多势众，无可阻挡。思考这样一个问题，基本也算是体力活了。

虽然思考可以作为消遣，但在轻风拂面的春日傍晚，完全可以放弃那些没完没了的沉思，一支烟、一杯酒带来的感官愉悦更现实，也更惬意！

春去春又回，玉兰和杂草都焕发着生机，在变暖的气候中向上生长，任谁也阻挡不了。一个经济学家连篇累牍的分析，或者一个官员不遗余力的教诲，都不会改变人们购房的热情，甚至从金融街的高层望去，如白骨般耸立无序的楼房鳞次栉比，仍然可以看到吊塔在不停工作，那么顽强地堆积着砖瓦灰沙石。

由时间积聚的问题还是交给时间，还是交给时间的好！人口是一切问题的源泉，也是一切力量的源泉，至于还是什么源泉取决于时代风尚。回顾曾经的历史，人及人口创造的各种事端不计其数，未来也不会减少，人类想象力达到的高度成就着各种问题，也成就着生的征程，这是一个过程，而人多势众发挥着绝对的作用。

如古人所言："水能载舟，亦能覆舟"，大概也是这个意思，或者如近代对人民力量的充分肯定等。都过上好日子的愿望以及升官发财的梦想，消耗着时代精力。当投资占据一个人的头脑，其他感觉一定退位；当投资占据一代人的头脑，其他问题也许变得不怎么重要，怎奈人多势众，无可阻挡！

去问问星辰

说来奇怪，世间流传的各种八卦预测及占星术等，究竟在人的思想中发挥了哪些作用，就像是一个谜。从涉猎的各种文字记载中，算是缘分一般的文字相见，读起来仍然令人困惑，当然也掺杂着某种不解，就像被一种价值观统领的思想，遇到相异就感到奇怪。由此，宽容绝对是非凡了得的高贵品质。

市井流俗文字对八卦掐算择黄道吉日的做法不仅普遍，而且在一些民俗中深入人心，仅就虔诚和迷信这一点来看，有选择、有敬畏总是好的，为规矩和秩序打下了思想基础，某些习俗也许是实践的结果，有着难以解释的道理。据记载，在十三世纪的意大利，一些虔诚优秀的人物对占星术超级迷恋，在占星术盛行一时的时候，意大利的大户户主们都雇用一个占星家，当然和当代有些类似的是有专业的也有业余的，特别是那些业余的占星家，尽可能步那些占星专家们的后尘，不仅如此还充分发挥，如借助占星术实行魔法，迷惑和蛊惑那些意志不坚定的人。

历史的长河可谓久矣！很多事历史上都出现过，只是人们太健忘或者对历史无暇顾及，正忙着上演属于自己的戏剧。但是寄居在人身上的虚妄和迷惘未变，或者不知不觉，或者改头换面。虔诚优秀的人物也免不了有迷惘的思想，能够公开承认并且努力克服即是进步。八卦算命占星术也许有着科学的成分，只是纯度欠佳，就像 78 度酒精原浆是酒精，兑了水不能否认有酒精的成分，与其彻底批判，不如将信将疑。

如果有人再问我投资的问题或者 20 年以后的事，我会果断地回答：去问问星辰。

绵绵用力，久久为功

把杂乱无章的材料整理得条理清晰，变得有秩序，需要离材料远一些，再远一些，直到看清支撑这些材料的四梁八柱。现实情况往往是迫不及待地靠近，再靠近，几乎没有耐心等待，在杂乱中再添烦乱。

"不识庐山真面目，只缘身在此山中。"最根本的原因，还是太近了，或者是丢失和遗忘。如果再加上层出不穷的跨界高论，要把杂乱无章的材料整理清晰，更是遥遥无期了。其实也没有那么复杂，饭要一口一口吃，路要一步一步走。绵绵用力，久久为功，保持一份耐心就够了。

悉闻某经济学家和监管主席午餐两个半小时，席间提了三点建议，将各种纷繁在饭桌上聊聊是个好办法，至于一顿饭能解决多少问题，倒是不必太较真。在大自然的各种循环往复中，吃饭长盛不衰，凡事都要有个引领，端午节也是以吃粽子为标志的。至于条理清晰以及秩序，作为一种追求不必太急切，绵绵用力即可。

生命犹如时间的随从，徜徉跋涉

众生喧哗，每一个观点都可以从不同角度理解，但太多的表达自由也可能导致千篇一律；太多的表现形式互相湮灭着，都很好却好像都不很重要。人生百艺均有益于生活，倒也并非缺一不可，大千世界的千百种形态，知道了一些，又知道了一些，却总是了解很少！

当我散漫或者匆忙记下瞬间的感受，而这些感受变成记忆的时候，这些记录有什么意义呢？人生短暂，行动和思考并肩而行，我徒劳地为这些文字倾心，徒劳地看着它们增加或减少，仿佛一个农人经年面对同一块土地，既依恋又厌倦。一切的所得不过是大自然的馈赠，一切的失去可能是命运使然。生的洪流一刻不休，精神借助文字存续，这正是人的优异之处吧！

精神和物质一直处于变动之中，生命犹如时间的随从徜徉跋涉，片刻不离，而那些观点、那些表达无论怎样重复，都是对时间的敬意或者取悦吧，如此的理解，给我无限的安慰。

温柔是美德，雨天是天堂

雨天，忧神伤思，需要谈天说地。

我不怎么致谢，所有的致谢都带有某种虚情假意，有来有往，记得就是了。此刻，我要致谢雨天，仿佛所有逝去的岁月重来，潮湿亲切的气息，静默肃穆的梧桐，深夜中默然绽放的花朵，还有曾经在心中盘旋不去的思慕等等。雨天带来的伤感很美很柔弱，温柔是美德，雨天是天堂！

人是环境的产物，谁总结的科学箴言？

作为环境的一部分，我们存在着、虚妄着、骄傲着、等待着，仿佛一切长命不息！看看吧，各种似是而非的观念，说了又说，反反复复，全然忘了传宗接代，吃饭穿衣，亘古未变。雨来得及时，自然之子需要一场雨，一场大雨浇灌警醒，离虚妄远一点，离生活近一些，再近一些！

命运难以抗拒，何妨超然；困难不可避免，何妨淡然？不依不饶折磨自己就是和自然作对，宽容对待肉身之躯就是对自然的敬畏。同样，少些思考、多些趣味，算是对自己的好吧！

雨天，谈天说地，有一种特别亲切的味道，波罗的海烈性啤酒的味道消弭灵感，助长温情。

挣扎于时间的迷雾

夜晚的静谧混杂着神秘的味道，令人受不了却也安然接受着。大自然满足着感官的贪得无厌，并不介意人们的是是非非，人们又何必计较时间之短长、爱命惜时？不过是数不尽的舍不得放不下，挣扎于时间的迷雾，繁衍着事端而已。

岂止是事端，这个世界的迷人之处即了无尽头的事端。从生存的繁衍生殖到生活的针头线脑，从国家的存亡兴衰到历史的更迭演进，这个世界存在过无数的事例：硝烟弥漫过，鲜花遍野过，爱过恨过忘记过，推倒重来洗牌翻牌似曾相识如故。我看到了一份往昔的菜单，端详良久，生的清单从菜单开始，绵延无限。

如果我们的记忆太过清晰，一定会被过往的故事压垮，包括反复重复的三餐，那么多。和我们对这个世界的贡献或者奉献相比，我们吃得太多了，却鲜有自责、多有遗憾，总是对下一次的饱腹期待良多。人们虽然愿意为艺术或者哲学奉献智慧，却把更多的精力贡献给饮食。食色，性也，民以食为天，菜单位于生的清单首位当然没什么奇怪的。奇怪的是，同样食物喂养出来的思想大不相同，何以如此？何以如此呢？确实如此。

曾经存在的人类都去哪里了

凡是背离常识的问题，最好回避，包括匪夷所思的房价、各种专家不靠谱的分析预测以及近乎荒谬的信誓旦旦，除非谈情说爱，生活在这个世界上的人真没必要进行各种各样夸张的描述，即使谈情说爱也最好谈些够得着的话题，在当下在此时。

但是，有一点还是需要把时间拉长一些看，比如探究人类以及人种的延续。我的朋友谈人种起源基本是以十万年或者百万年计，当然他在谈进化。我更关注曾经存在的人类都去哪里了？我们身体里有多少是延续着祖先的基因，而祖先也基本是一个比较模糊的概念。

据说中国本土的北京人、蓝田人、元谋人等远古人类都在最近一次的冰川时期，灭绝于恶劣的气候，或者被非洲迁移来的移民干掉了。这个令人悲哀的结论，使我喝了三杯黑啤才算回到现实。人都是时间长河中的浪花，只是很悲凉；都不算什么大事，即使有文明记载的历史也是起伏跌宕，是大事却也没有想象得多么了不得，最终都交给了时间。

据说北方大多数殷墟及其他商代墓葬中都能发现这几种人种：矮黑人、澳大利亚土著、爱斯基摩人、高加索人及古印欧人——关于人种的延续以及迁徙是个大问题，令人着迷也很可能无解，记到此可以住笔。

时间赋予的一切

在自然界不可思议的进化中，人种的进化也许是最杰出的。植物也在进化，但是植物没有创造语言和文字，人作为进化了的动物不仅有语言和文字，还发明并掌握了无数工具，既用于自保也用于戕害，从这个意义上看，"进化"这个词的使用还需要斟酌，反复斟酌。

时间赋予的一切，时间也会悄无声息地拿走。犹如深不可测的深渊，是个无可安慰的现实。虽然这个现实被人们普遍回避着，用生的琐琐碎碎充实着深不可测。在人种进化的各种理论中，人类从非洲走出的这个假说被普遍采用，其实我们可以假说外星人来临，或者索性相信亚当夏娃为始祖，或者女娲创造人类等这类传说，更美丽有情。

看到曾经存在的矮黑人形象，或者棕色人种、白色人种和黄色人种等，还是比较震惊的。人的模样如此坚毅和惊骇，和当代人化妆整容的样子差距还是相当大的。现代人更懂得美化自己，在原本的样子上涂涂抹抹，或者把在空中漂浮的思想变成各种物品，千奇百怪，很是了得，竟然一点都不觉得虚妄，看来使用"进化"这个词倒也无须反复斟酌。如果仍然采用十万或者百万年计，了解了解也就算了。

春耕时节，所有时间都是工作日

人们展示着春机盎然，农田、花草、各种俊俏挺拔的树木。对万物复苏大自然的迷恋是十分自然的念头。有人认为这种感觉只出现在从事农耕的民族中，我十分不以为然。地球上没有哪个民族是可以离开农耕的，无论好战的还是安分守己的；思想深邃还是盲从蒙昧的，即使狂热的战争也需要有粮草供给解决吃饭问题，科学还没有让人达到脱离五谷杂粮的程度。也许有那么一天，但是如果真的进化到了脱离五谷杂粮，人类还叫人类吗？

所以，还是回到现实好，关心农事或者偶尔关心农事，不忘初心，不忘春种秋收以及和土地亲近些，治疗各种虚妄，包括金融虚妄症。大自然的清风徐徐或者疾风骤雨，可以让人警醒，顺乎自然的生长最踏实，对自然的敬意必须饱含诚意。

时代的脚步太匆匆，对于遗忘或者忽略的事情必须给予补偿。城市居民的休息日在乡村比较难以实现，春天是农忙时节，劳动是必不可少的活动，务农劳作的人在春耕时分持续劳作，所有的时间都是工作日。乡村居民也是居民，城乡之间、休息日之间的天然差别，从法的精神看需要补偿，要么以补贴的形式、要么以农产品减税或免税的形式，算是对大自然敬意的反馈影射到村民身上，那些真正厮守土地、勤劳节俭的人。

天高地远，草木繁盛，各种植物破土而出，不可抑制！

春种秋收与天下粮仓

在金融街谈论这个话题，多多少少有些另类的味道。春风暖意的夜晚，暂时清理被各种图表和文件困扰的头脑，想想春种秋收以及天下粮仓这些关乎生存的亲切词汇，仿佛已经深入田间地头，切身感受播种的欢快与辛勤。

我的朋友满怀热情地在广播中报道，祖国大地从南到北春耕忙，他的声音热情庄重，春耕绵延不息五千年，充实着天下粮仓也充实着每个人的胃。我被他的声音感染，从沉思中惊醒，多么波澜壮阔的画面，活力与热情，质朴与真挚，正是泥土的气息催生着活力，成长的活力，向上的活力，催生着满园春色和汹涌澎湃的激情。当然，以我的习惯和天性，我还想说，成就着这个世界的无数事端，在他庄严热情的声音面前，我的话在嘴里转了两圈，最终还是打住了。

还是打住吧，春种秋收，天下粮仓，是生存的必要，也是生活的必需，确实不需要延伸太多的道理。饿了，就必须吃东西，饱了，不一定生淫欲，在当下很可能是投资，买卖房子或者谈论朝鲜半岛可能发生的局部战争。当代的春种秋收比农耕时代内容更多、更繁杂，也更累人更不确定。过去的春种秋收主要是看老天爷的脸色，现在要看住各种庄稼的破坏者，还要防止假农药以及各种不靠谱专家预测的干扰。

春种秋收，是农人的本分，也理应成为人的本色。

新时代才有的好事

天下一家，世界大同的思想在新时代具备了实现的基础，物质的极大丰裕以及新一轮科技和产业革命给人类社会发展带来的机遇前所未有，挑战也前所未有。

科技革命几乎让每个人都有了另一个头脑，只要我们想知道，任何思想、任何流派，以及无限斑驳的大千世界随时展现在我们面前。生活方式更加多样、更加丰富多彩，对于大多数人来说，如何控制欲望比任何时代都更加紧迫。通向至美风景的千百条道路，以及人们为生活积累的各种新发明、新工具，需要人们亲自体验的事情太多了，犹如餐桌摆放了太多的食物，或者超市的陈列早已超出日常所需，对于那些具有强烈展示倾向、渴望分享的人，未来最时髦的词语也许是："我没去过""我没试吃"，或者"我没看见过"。孤陋寡闻的语义随着时代被赋予新含义，它代表着某种节制，不是不热爱，而是更加热爱、节制有度。

产业革命对生活的创造性改变，身居其中的人几乎察觉不到，却每时每刻提升着他们的生活品质。虽然现实世界总是免不了弃旧图新，某类人受益，某类人受挫，但是有人类发明的各种制度以及社会治理方式的进步，消弭着各种不尽如人意。开放、包容、普惠、平衡等语汇的频繁使用，昭示着进步，社会的整体进步。

一个北京普通居民可以在家中身着土耳其优质棉布衬衣，和迪拜的朋友通话，杯子里是英国红茶，厨房使用瑞士日常厨具，家中各种饰物来自世界各地，讨论的问题从中美贸易到半岛局势，或者各种家长里短。与此同时，各种电子账单以及手机微信等背后的大数据记录和分析令人不愉快，是的，不甚愉悦，即使购买四川郫县豆瓣酱这类小事也将记录在消费行为中。除此之外其他方面都是方便至极，令人相当满意。随着时间的推移，满意的程度会越来越高，惠及的人群也会越来越广，这不是只有新时代才有的好事吗？

　　至于挑战，挑战缘自如何驾驭，这个问题，我回答不了。

Ⅱ

论友谊

友谊强化着人们之间的关系，

丰富着对生的认识，

对待友谊的态度如同爱情，

不必诤言耿耿，

唯一的态度是欣赏，

除了欣赏还是欣赏。

目录

真挚的情感任何时候都感人

生活简单并不意味着枯燥，也不意味着苦行无味。我们珍惜着我们珍惜的，犹如我们摒弃着需要摒弃的。在自身能力之外的一切事物当中，直言无忌的交流和友谊让我珍惜无比，真挚的情感任何时候都感人，"爱我吧，因为我全心全意地爱着你"。记得友谊就是记得生命的分量，就是发现和审视另一个尚待理解的自己。

我努力理解着世俗生活赋予人们的通常认识，名望、虚荣、财富、地位等，人们为此倾注的精力也许太多了。一种生活高估另一种生活，其实都不过是七情六欲，被无限地放大直至面目全非。互联网推波助澜，为人们的认识既筑起高耸的藩篱，也插上妄想的翅膀，各种乱象丛生，虚拟和现实两个世界互相矛盾却又是一体，犹如思想和身体合谋却也反目，互相不配合的事情太多了。存在纷繁世间的友谊也经受着考量和考验，属于情感领域的友谊可以被撼动吗？我要的是始终如一。

始终如一意味着宁静以及对简单的理解和接受，好像还有那么一种淡然无味的平静。生活中的一切琐事基本都是徒劳无益的，争论还是改变都无法逃脱枯燥的命运，虚荣和名望亦如此，没有见过谁总是沉浸在名望的愉悦中，被名声所累或者利用名声牟利的倒是大有人在。感官的快乐每个人都离不开，但为了一顿美餐、一首歌赞不绝口也仅限一时，总是将其挂在嘴边似乎不是物质丰裕时代人们的所为。

社会的普遍进步对人们的感受提出了更高的要求，是怎样的要求呢？争论无益，回忆过往亦无益，即使时间倒流也不及不经意的触动。"爱我吧，因为我全心全意地爱着你。"书信是友谊的翅膀，灵动而鲜活，连接着过去和未来。

友谊为精神带来归宿

"爱就是对于你所爱的人的那种依恋之情，它既不受贫乏的驱使，也不是为了得到某些好处。"友谊为精神带来归宿，这不是最大的好处吗？友谊无须回避好处，寄居在人生驿站的人们、在斗争中生存的人们，对友谊的渴望甚于对财富的追逐，只是意识到这一刻的时间有早有晚，只要意识到，任何时刻都不晚。

傍晚的二环路溢彩流光，绵延不断的车流缓慢前行，向南也向北。当我们最自信的时候，友谊提升着庸常的生活。为同样的"感时花溅泪"，也为孩子般的信以为真。在友谊面前，老谋深算、城府很深派不上用场，幸福和快乐喜欢光顾简单的心灵，友谊亦如此。太过精明适于钩心斗角，品赏角逐的胜算得失，友谊悄然离场。

友谊自然会产生好处，顺便为之而非目的。生活在物质普遍繁荣的社会当中，互赠物品表达友谊亦属正常，欣赏、赞美也是常态。互相欣赏的两个人总是温柔相待，互相批评指责不是友谊的态度。友谊的美好在于把缺点变成优点，除了欣赏还是欣赏，情由心生，情不自禁，无论怎样都是好！我们互相喜欢，坚定不移、一无所求，看到了另一个自己。

善意，为飞扬的精神提供力量

我亲密的朋友，在我能力之外的问题，我看得并不清楚。我的知识和阅历也不足以弥补这种缺憾。为了不让你失望，提供一点认识，仅供参考。

最真诚的谦虚和最崇高的骄傲结合在一起，成就了现实中最完美的人性，每个人的内心都驻扎着完美的基因，只是生长时遇到了阻碍。心怀善意的人们一定会看到完美，尽管你眼中的完美和我的略有不同，但完美是存在的。

越是简单，越是具备无法抗拒的风采，散淡和专注都是魅力，还有不经意的举手投足，这些属于静心欣赏的人。欣赏的瞬间是多么快乐，世间的所有幸运都比不上善意的沉默或者微笑。冬天最清冷的时刻，善意为飞扬的精神提供力量，这一刻，澄澈无比、温暖异常。

沟通的魅力在于自我发现，理解的基础在于相同的性情。

他们不理解我们，我们也不理解他们。人们总是在疑惑和抱怨中消耗着时间，遗忘了趣味、包容和欣赏。对于心有灵犀的人们来说，一切是如此简单，对相同事物的倾心，对质朴生活的深刻理解等。世间的千百种生活形态，了解它就要爱它，不爱它的人也就不了解它，当理解了这句话深意的时候，相信有更多的人心照不宣：如果爱，就为爱做点什么。

还有更多吗？更多的理解一定在某个地方沉睡，被各种数字包围的头脑遇到感情可能会过度亲昵，这是两个不同的领域，需要相吸。数据是为感情服务的，所有的一切围绕人而存在，理解能否再深入，尚需时间宽待。

普通人的风格

没什么成就却保持强烈的个性，也许就是风格，这是普通人的风格，也是生而为人弥足珍贵的风格，为纷繁生活的匆匆步履留下恒久不散的记忆，甚至那时的气息、那时的感觉，充实着曾经存在的时间和空间。

他似乎对自己很满意，相当满意。彬彬有礼、坦诚地介绍自己，除了没钱什么都有，完全没有某些当代人身上那种庸常的世俗和不得已，既不觉得难堪，也没有不妥，礼貌谦逊且专注于自己的工作，仿佛印证了古老的箴言：一个人的修养与教养，与金钱无关、与地位无关、与出身似乎也无必然联系。优良的品性以及诚实的态度可以畅行于任何时代，可以部分改善某些偏激的认识。某个时代曾经存在的绅士及其绅士风度，在这个时代也大有人在，只是常被人们忽略或不怎么被关注。

他们生活在各个阶层，小店主、零售商、饭店服务生、管道工、少言寡语的中医技师或者穿梭于城市的快递员等，他们没有穿晚礼服，也没有夸张虚饰的语言，他们没有太多时间表达，所以说出的话都是精准的；他们的头脑没有被各种数据图表侵占，认识还是清醒的；他们历尽现实生活的千姿百态、琐琐碎碎，也就没有做作和装腔作势，一切以最质朴的状态存在，充满简洁的魅力。

保持纯真质朴由于难得而可贵，可贵形成风格，当然哗众取宠或者滋生各种事端博取关注也是风格，但不是优良的风格，是虚荣、是为了谋取利益，无论怎样夸大或是包装终究不是值得称道的行为，不仅在当代，在任何时代都不值得称道。

满足于很少的东西或者没有东西而不改其乐，对自己满意也对他人善意，从思想中去掉抱怨和愤愤不平，节制有序、谦卑自制。这个时代不乏可喜可爱的人物，只要某时某刻遇到这个人，只需五分钟的交谈，他就会脱颖而出。

友谊是荣誉也是生的福祉

友谊是荣誉也是生的福祉，友谊把似曾相识的感觉转换成具体的感受，充实着相聚的每时每刻，时间仿佛变慢，一切沉浸在友谊的温暖和默契中，彼此欣赏，心照不宣。

所有的事情都是相对的，关乎感情的事情更是如此。情人眼里出西施，友谊为彼此的感觉涂染绚丽的色彩，男人更加严肃阳刚，女人更加矜持柔美。

友谊总是降临在性情相似的人之间，他们互相寻觅或者偶遇，在傍晚、在清晨或者任何不经意的时刻。友谊提升着精神素养，也提升着彼此的信任。大千世界人来人往，相似的人们相遇相知，批判精神总是把人引入亢奋，而友谊平复着挑剔和批判，一切如风过之后的傍晚，弥漫着一种温馨迷人的味道，安抚着匆忙喧嚣的生活。

具有相同感觉的人们如此接近，必须亲自接近。才能是在实践中获得的，友谊的秘密在于接触、拜访和交流，或者那个神秘主宰不经意的安排。诗人们在接触中发现灵感，音乐家谱写华章，而友谊在时间的嘀嗒声中会意地微笑，所求即所得，心满意足。

讲究实际的人，不会对和谐有更高的要求，所有的情绪在日常的琐碎中消耗殆尽，即生即灭的感受充斥着庸常的生活。精神上的和谐是非同寻常的事，正直、坦诚、真诚以及必要的付出等都必不可少。一无所求的友谊是不存在的，只不过高尚的友谊所求极少，是超然物外的精神和谐，始终如一。

这是我们的友谊

从各方面来讲，朋友都不是善变之人。

他的好在他的态度中，谦卑自足、专注坦诚、自律无求，还有那么一种难以言表的羞涩，像那个著名裁缝描述的"心怀圣念"，给人的感觉是踏实和信任。

接受还是不接受呢？那样一种淡然诚恳的态度，难寻却充满迷人的魅力，不知不觉还是顺从的好。友谊的力量在于心怀默契。在喋喋不休的现实世界，人们说了又说，沉默无言的交流省力又安心，再把懂得和理解交给沉默，用悄无声息消解语言带来的分歧，让彼此的心灵更接近，简单、单纯对生活的理解反而会更深刻。

沉默提升着情感，沉默也在理顺和抚平思绪的沟壑，摆脱虚妄和种种离乱，每天发生的寻常事都再寻常不过，留下笑意即是美好。我问：这是友谊吗？一个声音亲切低语：这是我们的友谊。与生俱来摆脱不掉的棱角是友谊的栅栏，他懂得棱角分明是单纯的一种形式，否则不会满是笑意地提示：你是要坚持这种状态吗？

元旦在即，各种纷繁远去又重来，过往与未来都离不开友谊，适时降临的友谊是那个神秘主宰对他宠爱的孩子的奖赏，只言片语，触动心灵，一切发生在不经意间。这个冬天不需要貌似赤诚的表白，况且赤诚不需要表白；亦不需要舞台剧般的信誓旦旦，信誓旦旦用在爱情上都嫌夸张，用来表达友谊更是多余。

喧嚣的城市，谁更懂得生活？谁更理解爱与关怀？谁在拒绝？谁在等待？是友谊，淡然的态度更久远。

单相思是永恒的

希望拥有美丽的晚年，必须度过一个美丽的青年时代。也许我们并不理解其中的深意，谁让我们是边走边看，无法提前体验，只能按顺序在时间中生活的物种呢！

这个世界由男人和女人组成，他们互相塑造着彼此，却也充满分歧和指责，就像每个人看不见自己的后背，他们无法充分了解自身，就投入纷繁的社会生活，纠缠撕扯，难以相安，尚未学会相爱，已经开始伤害。在当代社会，竞争之类的观念太过深入人心，一争高下的雄心渗透到社会的方方面面，甚至生活中最不应该有高下之争的男女关系中，竞争的雄心人皆有之，而谁更强谁更盛，基本是个无解的问题。

单相思作为情感存在中最迷人的一种形式，悲观的作家们认为这是一场悲剧，深陷现实泥沼的人们也许认为它既可笑又可悲，一场无望的感情既是对时间的浪费又是悲剧。某位理智有余的中医则认为不幸和悲剧发生在爱情的疲劳阶段，如同大梦初醒、倦怠已极，而单相思是情感生活不错的选择。对单相思的肯定，提示着我们生活中存在尚未执行的情感和行动，幻想存在的空间都渗透着爱。

爱另一个自己，因为自己在现实中的映射就是爱人的模样。单相思是永恒的，为那些羞怯敏感的人带来慰藉。温柔地讲出这个事实，也许会消解某些疑虑不安。现实中依然存在善良的男男女女，他们并不强悍，羞怯地想着某个人，被爱的人往往意识不到。一切小心谨慎地存在着，既产生不了丑闻也不会被媒体渲染，为生命植入艺术、诗歌、哲学的神圣细胞。时间赐予的爱意，只要一直存在着，无论怎样的形式都美丽。被一段故事感动，随笔记下。

爱情、单相思及其精神的高度

爱情，如果从现实生活的繁杂中抽离出来，是那个神秘的主宰对众生最宽宏的恩赐，甜蜜的忧伤与圣洁的幸福不仅发生在爱人相聚的时刻，远离时的忧郁与甜蜜也同样令人期待。

爱情，激发了想象和自我迷恋，也激发了人们的创造力，爱情的存在甚至可以改变空气的味道，因为那种心醉神迷的感觉具有强烈的穿透力。但是，太过清醒的人是无法体验爱情的，让爱情终止于思考是太过清醒的必然结果，尽管爱情终止的原因还包括疲劳，以及幻想的毁灭等。

但是，爱情不是用来思考，而是用来感受的！

单相思，普遍存在的爱情形式，也许代表了一种永恒的情愫。人们自我迷恋，在幻想的空间徜徉，不受时间和地点限制，被爱的人意识不到，如同一个星星意识不到发现它的天文学家，但却是温柔地存在着，为生命植入艺术、诗歌和哲学的神圣细胞，如同优美的植物，装点着这个生机勃勃的世界，为那些善良的男人和女人带来慰藉！

人们在自我的创造中生活，而爱情存在于自我感受的过程之中，困难、考验，艰苦和努力锤炼着人们的性情，也推动着心灵的进化，如果高尚的追求未曾泯灭，这样的进化将永远生生不息。

也许，人们对爱情的前景不必太过悲观，当一个男人和一个女人达到一定高度的时候，就能产生精神上的爱情，他们不必担心这样的爱情会随时间褪色，因为它是时间的一部分。

友谊，冬天最美丽的馈赠

友谊，是冬天最美丽的馈赠，也是思想繁忙时最好的镇静剂。

看清自己是一件比较困难的事。借助科技手段，人们有很多手段美化和塑造自己，各种塑造术以假乱真，影视图片及有模有样的书籍混乱而散乱，虚拟世界色彩纷呈。北方的冬天则是一幅永远不变的样子，迷茫或清澈的天空，清冷淡漠，任何美化都抵不过突如其来的风雪，人在其中最真实的样子是需要温暖，意志向友谊致意，平复虚妄和喧嚣。

友谊弥补着缺憾，充实着近乎荒芜的情感，真实的语言简单深刻，他对我的文字赞赏有加，舍得赞美是友谊的见证，无限的慰藉情真意切。他说青春时代的烦乱不值得留恋，三十岁以后平静美好。深以为然，人们学习着生活，人生之初的激进与鲁莽完全服从于生殖天性，当下对芳华的记忆有多少掺进了想象？被美化的过往即使温馨迷人却也一去不返，谁见过昔日重来？即使重来也不值得驻足，我们都有了新欢！

对于不怎么出书的业余作家，由于涉及题材广泛而时间有限，随即而来、即兴而为的记录多于深思熟虑的研究。用为数不多的几句话表达观点，类似于绘画中的素描，只是素描的功力亦须提升。斟酌着过往与未来，对于友谊要回复的内容太多，而思考妨碍了回答，或者不知道怎样更配得上诚挚的问候和关切。

亲密的朋友，生命中一切的所作所为都是一本打开的书，时时刻刻创造着自我，这本书需要读者。

友谊自酒桌始，无可指责

赞美友谊，是因为需要，就像我们需要这个世界上的任何事。

"酒逢知己千杯少"，友谊自酒桌始，倒也没有什么可指责的。喝酒的确不是值得提倡的行为，但是酒桌上结识的朋友不一定都是酒囊饭袋。喝酒是当代人或者任何时代人的风尚，酒精助力，把人的精神和感觉充分激发，原来我们如此相像，酒精把友谊的丝线拉长。除了酒精之外，友谊还可以有千百种形态和机缘。

今生今世，让我们坦诚相待，是友谊的誓言，也是对自己的肯定。相信另一个自我，倾心相助，不仅是人生了不起的感觉，也是在风云变幻的世界中送给自己的一份恒定和安慰。当然，在酒桌上充分表达了的，离开酒桌很可能烟消云散，就像某些不可靠的爱情，海誓山盟之后情消意断。世界上有始无终的事多了，不独友谊、不独爱情，酒桌上发生的友谊必须当真，真诚即使存在一分钟，也存在过。只要我们不强加给友谊任何条件，友谊就可能随时出现，友谊并不是这个世界的什么稀罕之物。某些时刻，也许是我们对友谊的要求太高了，庸常生活中的大多数时刻其实用不着肝胆相照，彼此的一点牵挂或者记得，都是好，都可以划入友谊浅水区。在变动不居的生之旅程，友谊完全可以脱离任何义务和责任。现实社会赋予个体的责任和义务太多了，到处是清规戒律，随处是教条，在保持稳定的同时，诞生于体内飞扬的精神以及可能的粗陋不堪，某些时刻需要倾泻，友谊，特别是酒桌上的友谊有一种惺惺相惜的味道，相惜与悯爱是最柔弱难得的情感，那么一刻懂了，即是有福。

至于友谊随着时间诞生、生长、发展和升华，这是人生的最高境界，可遇而不可求，但是没有这杯酒，没有这样一种开始，其他的如何出现呢？喝了这杯再说吧（与汤飞第一次喝酒，记）。

留住记忆的方式很多，写一本书是选择之一

留住记忆的方式很多，写一本书是选择之一。把思想或情感留下来，就像端详童年时的照片，这么幼稚的面庞是如何开始沧桑的？

一本书可以是流水簿，也可以是变天账，或者如西单图书大厦里的任何图书的形态，如同各种人以及各种面孔。以现有的人生时间限度，即使五百年，也不见得够用。择其一二而为之是不得已，不得已成就着芸芸众生，不得已也形成着各种特色，无所谓对错，仅关乎感觉。

在喧嚣和平静交互流转的时间河流中，精力旺盛的时刻总是充满迷人的色彩，灵感迸发、情感激荡、才思奔涌，为平淡的日子注入无限的生机，甚至天空和周边都变得非同寻常，给身体以触动，为记忆加封，让某时某刻获得永恒。写作，无疑是记录这种感受最好的方式，尤其是喧嚣过后沉寂的那一刻，暂时放弃各种堆积如山的大小问题，像个旁观者一样记下几笔，顺便标注了某些比较重要的问题。

他说，在书的第 145 页写着：让我们见个面吧！断章取义达到如此程度可谓有趣，让自己变得有趣也许是某些人需要修炼一生的课程。当很多人沉迷于投资购房，一个人为一本书的一句话锲而不舍，如同稚嫩儿童的纯真好奇，无论哪个作者都要奖励他。

我直率地提醒，在"让我们见个面吧"前面有个标题：私人谈话的价值永远无可取代。

神赐予的表达

"人为烦恼所苦时，神便赐予他表达的力量"，我们这个时代的各种表达远远超出了所为，尽管所为也前所未有地丰盈。

他不惜辞令的赞美和不留情面的批评一样多，我记住了赞美，忘掉了批评。

在自然科学公布的 125 个最具挑战性的科学问题中，没有涉及人类的表达问题，也许表达是人的习性之一，不具有挑战性，但是从日常生活的角度看，世间的大部分烦恼自表达始。各种各样的表达代表着各种各样的思想，世界上只有人类这个物种拥有如此之多的欲望和理由，无论烦恼还是痛苦都需要表达一番。怎奈，烦恼无穷无尽，去了再来，在各种感受的反反复复中，提升的步履异常艰难。

昨天一个观点，今天一个观点。我们能否活得超脱，相信阳光下你美丽的样子，也接受你落寞无助倦怠的样子，这样的超脱非常接近诗人的境界，即使不写诗，也是诗人的情怀，浪漫的情怀，每天多一点！

对忧郁的了解似乎永无止境

在荒谬与美丽的故事之间，横亘着怎样的藩篱？它们的距离究竟有多远，或者近到什么程度？

对忧郁的了解似乎永无止境，就像这个世界上的任何事。那些为世界贡献了非凡经典的艺术家，其本身的生活并不值得提倡，至少在金融家眼里，他们的生活缺乏理智甚至表现出令人匪夷所思的怪异，但是那些所谓的理智和按部就班就是正常的吗？在生生不息的大千世界中，总会有一些特别的灵魂，他们不计名利、忘却得失，在世间游走，为这个世界奉献他们的才智，他们有着持续的自我牺牲精神，为时代留下了鲜明的特色，为顽强的人类精神树立了丰碑。

但是，一些研究工作很少带有情感，而我更愿意带着深厚的情感进行理解，再理解。

首先，创造力与精神不稳定存在着联系，特别是在艺术领域。这并不意味着艺术创作者都是疯子，但是非凡的艺术创作的确需要某种癫狂状态。从各种可供查阅的书中能够得知，历史上最为杰出的创造性人物大多都曾患精神疾病或者有忧郁的毛病，他们在这方面的患病概率比普通大众中所发现的发病概率高出 10~30 倍。在大数据广泛应用的时代，随着选中的样本变多，这个比率也许还会提高，这个问题留给对大数据以及忧郁与创造都感兴趣的人去研究为好。

其次，灵感与疯狂之间存在着联系。全神贯注以及日思夜想倾注的精力为灵感突发奠定基础，而触动这个基础的必然是某个突如其来的癫狂时刻。艺术是超越一般的创造，在脱离庸常生活的那一刻，仿佛到处散发着神采，像清晨斑驳的树影中太阳射下的光线，耀眼迷人，艺术要表达的就是这一刻，或者极度黑暗世界的无助，再无救赎。艺术家在不平凡的感觉中富有智慧地创造，既脆弱又坚强，区隔着平淡无奇的现实世界。

最后，忧郁可能促进着基因突变。所有的变化都始于某种触发，轻微的或者猛烈的。人的漫长进化过程经历过无数的颠簸侵袭，类似于个体的成长，是进化还是退化呢？是存在还是消失呢？忧郁及其忧郁气质让人在某些时刻像个病人，更孤独、更安静，也更温柔。医学上的下丘脑腺垂体系统，即身体状态的主要调节器活跃或者落寞时，反复地刺激催生着情感，情感催生着行动，创新与整合在身体内冲撞变异，会产生突变吗？看看现实世界中人们的虚妄与梦想，一定存在着某些联系。各种医学研究室正在做的事情，在现实世界中每天都发生，只是还没有变成复杂的报告。报告能发现和解决所有的现实问题吗？报告养活了很多人，却无法成就艺术家。

"所有在哲学、诗歌或者艺术上有所贡献的人，他们为什么都是忧郁的呢？"亚里士多德的疑问存在了千年，并且将一直存在下去。

喜悦从何而来

喜悦从何而来？

在大自然给人类安排的无数感觉中，有精微的、粗略的，以及一生很难出现的各种稀缺感觉，君临天下、不可一世的风范是帝王的专属，庸常百姓在各种悲欢离合中度过时日。感觉在身体内畅行无阻，也塑造着我们的模样和状态。是什么让我们充满喜悦？颜色、声音还是亲切的问候，抑或是某种世俗世界暂时的拥有和得到，喜不自禁让原本淡然的面庞洋溢着光芒，感染着周边也润泽着自己，喜悦是个好感觉，越多越好。

喜悦是不请自到的朋友，谁知道什么时候受到什么触动变得喜悦呢？医学专家不带感情色彩的研究为我们提供了一些指引，带着感情理解是一件很美妙的事，并顺便激发了喜悦。人体内的类上腺素阻断剂、去甲肾上腺素和皮质醇激发永恒的冲动，迷人的冲动进而激发和撞击着人们的感觉，从中诞生的就是喜悦以及其他和喜悦沾亲带故的感觉；冷漠厌烦的反应中诞生的就是痛苦以及各种与之为伴的"邻居"。

喜悦可能也会"带兵打仗"吧，把一切不快从身体中驱逐，维护身体的健康，从而维护生命的长度。对喜悦的理解超出喜悦本身，是进步、是神秘的脑垂体健康活跃的标志，它一直勤奋工作，发布健康快乐的指令，生而有幸，遇到喜欢的人，吃到美味的食品，以及各种渴望得到实现的时刻。

喜悦感不那么严肃却也庄重神圣，把喜悦和郑重的爱联系起来，是感觉的升华，每一个心怀善意的人都可以感觉到，喜悦源自心灵。

热切的爱慕和欣赏

他身材修长，英俊文雅，令人捉摸不定的淡漠神情散发着独特的魅力，白色衬衫表达着略带不羁的态度，给人的感觉舒适而散淡，用诚挚的微笑以及恒定的声音，唤醒着周边某种沉睡的情愫。他特有的神采激发着情感、蛰伏在某类人身上的最深刻的情感、被忽略和被遗忘的情感。

情感是人的灵魂，而略显忧郁、沉静、淡漠的神情，早已将理智排除在千里之外。凡是感情到场的地方，理智往往会悄然隐退。世界上所有的艺术都在为感情助力，当我们略懂世事，开始用批判的观点评价感情用事时，内心深处真实的声音也许是：何时何地能够被感情蒙蔽和俘获？

在世间千百种情绪中，热切地爱慕和欣赏带来的愉悦神秘莫测，高居各种感情之首。在大千世界无数尚待解释的谜团中，一个物种对另一个物种的善意和迷恋，很难用科学解释，科学总是回避着某种神圣的情感，或者沉默以对。安然存在的事物，何以改变了形迹？源泉来自何处？活力从何而来？羞涩是否酝酿着无可阻挡的力量？

无须疑问，只需经历。时间慷慨有序，某时某刻会成为恰当的时间，让人们相见。前世今生的交情自餐桌始，自交谈始。饭桌不仅满足着口腹之需，也会让英俊文雅的面庞更清晰、更潇洒自如。当他以舒缓的语速谈论自己的时候，淡漠的神情生动不羁，模糊着过去和未来，亲切安然。时间安抚着没完没了的好奇，但要记得：了解增加，喜欢的情感就会更多，越来越多！

把缺点看成优点

把缺点看成优点，显然是怀着浓烈的情感去看，无论怎样都是好！

人世间百媚千红，我独爱你那一种！情人眼里出西施，其实情人的眼里看到了另一个自己，紧追不放，更像自爱以及自我追逐。

爱的重要能力是把缺点看成优点。

如果我们还能够强烈地爱人，我们一定是情感的富足者。把缺点看成优点，不管这个缺点多么难堪，我们还是认为很好，或者视而不见，或者熟视无睹，或者以为天然地好，无须再好了。情感中的偏爱，把缺点看成优点，人世间难得的执着。

把缺点看成优点，从感情的角度，我们还拥有少不更事的冲动与好奇，就是这个世界的快乐孩子，很好呀，一切都好。

把缺点看成优点，在世俗生活中也是难得的能力。尺有所短，寸有所长，把缺点当作优点对待，一定会发生奇迹，至于发生了哪些奇迹，人们在闲暇时可以找几个典型事例验证。如我在繁忙时看到所有人的优点，感到很高兴，看到行动派就更高兴。

千百个神经聚力传播好情绪，为什么不把缺点看成优点？

快乐缓解着严肃带来的压力

生活离不开快乐，离不开快乐精神。

快乐缓解着严肃带来的压力，严肃庄重的态度在日常生活中基本派不上用场，几乎没有人神情严肃地进餐或者严肃地行走在人流中，在教堂、寺庙或者需要表决的大型会议中往往需要严肃，其余的时刻还是轻松淡然好，日常生活的可取态度是诙谐有趣，也只有诙谐有趣才应付得了频繁出现的微小事端，无碍大局却也容易使人心烦意乱的鸡毛蒜皮。

消耗心力的思考无助于健康，对现实生活也没有什么指导意义。与关注宇宙的诞生或者物种起源这类问题相比，人们更关注吃咸水大虾还是宫保鸡丁这类能够迅速引起感官愉悦的话题。我就曾领略过，在某些严肃且过度抽象无趣的场合，若是有人提起好吃好喝、满足口腹之欲的话题，几乎所有人都精神为之一振，感觉舒爽有加，看看大家几乎放光的眼神就知道多么受欢迎。

所以对于以文字创作为生的人，高深或者故作高深都不会有很好的下场，倒是那些缺乏抽象思考，凭感觉行云流水的作家们受到更广泛的欢迎，一流作家高高在上，曲高和寡；二流、三流甚至末流大行其道，他们在说着谁都能听懂的实话、真话，表达着离完美相差十万八千里的现实生活。也许，现实世界根本不存在认为的流派，都是主观上的自我标榜而已，时代的风向标并非恒久不变，阶段性使然。

而快乐是共同的需求。即使是带着某种糊涂气的傻也透露着可爱。每个人都是自己的后裔，是否真的快乐以及是否拥有快乐精神，看看他真正喜欢的东西即可。我理解了一些，但不知道的更多。

他们的爱一定没有达到可执行的程度

　　实用的业务让他成熟，而现实的事务让他远离书籍，主要是远离那些不着边际的虚妄之辞。他注重现实和真实的感受，率真而坦诚，带着清淡的幽默，谦逊质朴的外表下隐藏着某种刚毅，男人的刚毅与冷静。

　　他把自己紧闭起来，简单的生活以及简单的举止，看起来很舒适，轻松无碍的舒适。他谈到困难就像谈到一件趣事，行或者不行没有什么特别的要求，一切顺其自然。喜欢一个人不是那么经意却也没有忘记，情感关照得很好却不多言。太多的追问是没有意义的，他忽略了时间、记住了人。

　　他们的爱一定没有达到可执行的程度，否则一切的仪式、礼节都将终止。一部文学作品某种程度上是自我表白，在探寻和想象中揭露着人性的秘密，犹如深不可测的矿藏，深入探寻，会发现无限宝藏多多，总是超乎想象。当我们倾心且专注地感受某件事、某个人，也许我们是在和另一个自己交流，发现了另一个不同的自己，生及生活也可以有另一种状态。

　　人的存在可以呈现千百种状态，说到底，我们不过是学着生及生活，在选择中发现或者遗忘自己。自我创造和自我塑造的过程不知不觉，直到某一天幡然醒悟。他的沉静是一种提醒，至少是一种提醒，面对世间的痛与快乐，要有足够的耐心，无论何时何地，都可能散发与众不同的魅力。

未曾谋面，彼此欣赏

众生芸芸，谋面是缘，未曾谋面亦是缘！

不被琐事绊倒，不被世俗击垮，保持一米以外健康的距离，最优美的距离，是任何时代彼此欣赏的人们最妥当的选择。

逃避吗？如果我们积极地思考，逃避也是进取，是迂回婉转的进取。冬天的中午，阳光静谧安详，有人要远行，有人在沉思，更多的人在忙碌，忘记了时间、忘记了阳光，更忘记了星辰。

生在同一个时代，感受着同一时代的喧嚣与寂寞，体验着同一时代的风起云涌、潮起潮落。同样的感受，不同的心情，都是好的。

未曾谋面，心向往之！

人类求新求变，也怀旧求稳

新，相对于旧而存在，没有旧也就无所谓新。人类求新求变，也怀旧求稳，瞻前顾后也算是不错的平衡之道。

技术是这个时代的新宠，技术几乎要颠覆一切现存的东西，让这个世界改变，迅速地改变，只是人的身体还是循规蹈矩，不怎么上进，一日三餐、昼行夜眠，改变之后身体就会反抗，甚至以不适、生病相要挟。人创造的技术却改变不了人自身，头脑可以跟着发热，身体却不买账，技术要脱离身体走多远呢？

保守主义者饱受诟病，在任何时代都是这样。

在一知半解的对老龄化粗略的研究中，看得越多，知道得越少，剩下的只有怜与惜。他是大家，缓慢而流畅地介绍着时代风俗，从宫廷到民间，语气平缓、节奏有度。他对逝去岁月的了解如同亲历，他对当下的世俗风物也欣然接受，谦恭宽和。我想问问他对技术的看法，最后还是忍住了。在他面前谈技术是不适宜的，无论技术在这个时代怎样受宠。

他没有谈保守与创新，也没有提及新旧之别，用宽和的态度介绍着他了解的一切，平复着我的疑问，也平复着我对技术的偏见。

一个城市给予的好感觉

北京，很难用一句话讲清楚。

热爱历史的人认为北京历史厚重，宫殿园林以及古老的胡同，安然存在，彰显着古老，韵味无尽。喜欢现代的人在北京可以发现任何艺术和音乐活动，高雅的以及不那么入流的都在尽力展现；浪漫的生意人把世界各地千奇百怪的物品运到北京，不出京也可以见识世界各地的特色，从吃到用、多到本不需要那么多。各种展览中心、大卖场以及路边店，从富丽堂皇到局促昏暗，都有存在的空间，相安而各得其所，各得其乐，当然也各有各的忧虑和烦恼。

在北京，可以发现很多东西，政治的、经济的、文化的、艺术的，最吸引人的是身处北京独特的感觉。我的朋友说，在北京感觉"生活在新时代，有一种处于某种宏大事物中心的感觉，这种感觉很难说清楚，但它让许多外国人长久留在那里。他们想看看它会变成什么样，并且希望亲眼见证"。

北京的好不一而足，否则不会有那么多人留在这里，抱怨人多却离不开，一定是心怀爱意不忍离去。丰富的食品随时可以送到家里或者任何地方，完全以客户的需求为中心，让那些忙于工作或者娱乐的年轻人没有后顾之忧，不会做饭、不用买菜可以吃到几乎各地的美食。各种节日为人们提供了很多相聚的机会，可以畅谈任何事，国际的、国内的，地方的、家里的，无须深度，广泛性足以吸引充满好奇的人们。

互联网以及便利的交通可以到达任何地方，思想或者身体，只要耐心接受随时可能发生的拥堵，当然如果乘坐地铁仅仅是身体承受拥挤，时间还是非常有保障的。未来会怎样呢，按照北京市的新规划，人口要控制，按照人们的好感觉挡住也很难。价格不菲的楼房仍在建设过程中，里面一定会住进充满各种期待的人。

老城区正在开展"邻里一家亲"活动，在新兴城乡接合部开展的"新北京新市民"活动也方兴未艾。北京夜晚的街道溢彩流光，饭店不预约找不到座位，这个城市的魅力谁能说得清呢，尽管天气寒冷且夜晚有小雪即将来临，却依然非常令人着迷。"如果我能在那儿成功，我以后在任何地方都能成功。"歌手弗兰克·西纳特拉当年如此歌颂纽约，如果西纳特拉活到今天，他很可能也会如此歌唱北京。

信任，是谋求幸福必不可少的感觉

信任产生信用，信用产生行业，人类把信任上升为行业，为自身谋求福祉，也顺便提升了整个社会的福祉；或者是提升了整个社会福祉，顺便谋求了自身福祉。对此做过多的辨析无益，而人出于天性喜欢在一些事情上争论，无止无休，在争论的过程中打发时间，却忽略了结果。

信任是金融业的基础，虽然其背后是一系列监管标准，面对公众时，一切以信任为基础、为前提。人们把货币、金钱存在金融机构是基于信任，信任也提升着人们生存的感觉，踏实以及依赖等，即使人们终其一生追求的幸福感，也离不开信任作为基础，一切源于信任。

在信任基础上派生的感觉是情感的延伸。

让我们赤诚相待，共谋共建，开创未来。在信任基础上建立起来的友谊胜过厚厚的承诺书。拥有信任会使人放弃警惕和防备，在轻松愉悦中彼此依赖，如动物世界普遍存在的依附。怎么瞬间动情了，无助无依，依赖基于信任。在充满争斗的环境中，敌视和敌对强化着力量，依赖感仿佛从躯体中蒸发，强大再强大支撑着无限膨胀的感觉。但这不是常态，巨人也有落泪的时候，只不过泪滴要滴落在依赖和信任的那个人肩头。

信任是谋求幸福时必不可少的感觉。生之长河中谋求幸福的人生生不息，有时到处是坦途，有时荆棘遍地。从金融诞生于信任，到个人生活离不开依赖，如此的联想沉思，消解着天气预报不甚准确带来的忧思，雪天未能如期而至。不是不信任，而是相信各有其难，要更加心怀信任。

气派堂堂的平衡

从狂野的浪漫主义过渡到气派堂堂的平衡，人生历经了怎样的过程？岁月历练了怎样的心灵？时间赐予了多少包容？时间，时间为质朴的原色不断增加着亲切的气息，关怀与悲悯的气息，无论气宇轩昂抑或温柔低语，都让我们相信，人类的种种成就以文化的名义可以让我们活得更像人的样子。

生活，一切不过都是为了生活。

谁在驾驭谁呢？这个近乎愚蠢的问题本不该诞生，要消除这个问题存在的土壤却不可能。换一种认识，也许是因为需要自然的爱意吧，或者一直存在的爱意，虽然爱意经常被动机利用，回避这样的问题是进化，我亲密的朋友。

窗外灯光诡秘，道路清净落寞，听了又听，看了又看，所有的结论也许都有轻率之嫌，这个世界曾经有过和继续存在的千百种姿态，我更愿意接受善意，以善意去理解，包括理解你和你的善意。俗世生活的不堪、伪善、腐化以及堕落与理想生活的高尚、真挚、纯洁和探寻并非截然对立，那些为生存和生活倾力奉献的人们一代又一代，并没有跌入悲观主义的深渊，也没有在本源和枝节问题上斤斤计较，而是恪尽职守，像个战士。

那些曾经存在的诗人、艺术家、政治家和睿智的先人，都心怀善意，以理想鼓舞后人、以实践创造庇荫后人，即使我们见到的凡俗之人也在做着助人利他的好事。是的，放下电话，我想神秘的平衡是存在的，不仅气派堂堂，也襟怀坦荡、宽厚包容。

对自身的了解总是太少

幻想、忧郁、不切实际的状态对于某类人就像良药，医治着人性的偏执和虚妄，就像北方四季中的八月，蝉鸣声声，植物在静默生长，草木葱茏安然，一切不需要打扰。

不确定充满了迷人的色彩，也令人心生畏惧。对生命一知半解的人类多数时候采取谨慎的态度，是天性也是安全的自我生存之道。充满幻想的心灵可能为生活披上华丽的外衣，也可能被思虑的长袍束缚，迈不开步伐，特别是从事投资冒险这个行当，太多的投资规则和故事既激发想象力也扼杀着想象力，两者大抵平衡。

而忧郁呢？一个饱经世故的金融投资者可能无法远离忧郁，或者一直走在克服忧郁的路上。人类究竟在追求什么？肯定并认可或者释放早晚如烟般逝去的力量？在满足一己私利和谋求大众福祉之间，投资者做着自己的分内之事，就像农民种地或者修理一段城墙等，在工作的时刻没有考虑那么多，所有正在投入工作的人都没有想那么多。只有安静下来才被忧郁侵袭，或者自觉自愿跌入忧郁的沼泽，挣扎于放纵，快乐不起来。

不切实际的状态非常可疑，却是最真实不过的状态。人最根本的实际有很多，都是具体而实在的，如活着必需的食物、水、空气以及必要的物品等。在物质繁荣的时代，这些基本如空气般被忽略掉了。人们在各种观念中游走，对未来做各种各样的预判，并且借助网络媒体进行各种演绎。看似言之凿凿、逻辑清晰的理论，一遇到现实就四分五裂，看似确信无疑的事实一遇到阻碍就分崩离析。在不切实际的各种幻想面前，人对自身的了解总是太少，这应该不是一个误判吧。

哲学经常向现实致意

我的朋友，不要对哲学给予过高的评价，去倾听专门的课程就更不必了。在课堂里讲授的哲学一定比现实教条，是怎样的教条呢？就像傍晚时分读书，精神食粮好看却并不果腹；画饼充饥是眼睛对胃口的蒙蔽，我们心存感激也无法改变需要给养的事实。

我的朋友，哲学经常向现实致意，高居诸学科之上的哲学向来是为现实服务的。我们都有一种对未知事物说不清道不明的迷恋，哲学静候，为人们拨云见日，但是哲学本身也在发展着，有着自己的谜团。

某个哲学家说，哲学是一种超然于所有争战之上悲天悯人之战后。太过宏大的问题离现实太远，离现实太近又牺牲了美感，还是总结一些流传下来的文字吧：

有这样一类人，有些朋友，却很少娱乐；一般的消遣、游戏，旅游非其兴趣所在，不受沽名之累，不刻意追求喜好的事物，从思考和所从事的研究中寻求快乐，高贵、质朴、自然！不过，无论过去、未来还是当下，能守恒如常不忘初心者寡，经常步入歧途而不自知者众，所以人们向哲学请教。

哲学的回答又是什么？在回答之前还是召开一次会议吧！悉闻 2018 年在北京召开哲学大会。

即使天才也要吃饭

冬天，在清冷模糊的北方大地，从乡野到城市，也许不过30分钟的车程。

那个对北方寒冷抱怨不休的人被热气蒸腾的火锅征服，在口福之欲面前，距离是不存在的，寒冷也不能阻挡，拥有如此的个性当然迷人非凡，一切不必当真，说说而已。人们都是自己欲望的奴隶，拥有和被拥有向来是一体的，即使天才也要吃饭，即使智能专家也要亲自到火锅店享受朵颐之乐。北方的冬天非常适合开火锅店，店长不经意的断言堪比某基金经理长达数页的长篇报告。什么时候楼宇内撰写长篇报告的码字专家少了，具体生活也就风平浪静、品质提升了。

分析的人多、操练实践的人少，普遍存在于生活的方方面面，类似于近年来金融的脱实向虚，"脱实向虚"的人太多了。

在人类创造的各种市场中，关乎衣食住行的零售市场最重要，遗憾的是城市楼宇内的空间大都被其他市场占据了，债市、股市、汇市、楼市以及贵金属和贱金属等，虚拟市场压倒实体市场，很热闹。人的时间和精力消耗在没有穷尽的金钱、利息和复杂的操控中，是生活的悲剧，而没有这些也无法成就喜剧，这个问题不宜在周末思考，平时也最好回避。

寒冷有助于清醒，互联网时代各种理论层出不穷，盛极一时，仿佛都掌握了通向未来的真理，仿佛已经将衣食住行、生老病死置之度外。看看周末北京夜晚的各种餐馆饭店，看看冷风中被大衣严实包裹的身体，一切如常，并不虚妄。

我被感动了

在这个世界上，没有一种感觉比亲和更舒适，也没有任何一种感觉比质朴更高贵，这是一种与生俱来的亲切，每个人都需要，虽然这种感觉一直潜伏在我们的身体中，等待着被触发，时时刻刻。

时下任何或夸张或平淡的语言，都比不上北京雪天的某次偶遇、偶然的交谈或者理解，瞬间永恒！在我这个年龄，或者对于任何年龄，那些瞬间永恒的片段留存多少，我们生命中情感的分量就有多少。我不是一个斤斤计较的人，但在感情这件事上，几斤几两的分量自有它的轻重，彻底地交给了感觉。

参观首都福利企业亚美日化带来的震撼，使保持已久的平静让位于久久的不平静。原本可以通过编纂故事牟利，却质朴天然，货真价实是本分，并且一直坚守着本分。由于关照需要福利的人员，原本可以由流水线完成的作业，安排让这些特殊人群完成；原本可以高度市场化的运作，却在市场和福利之间寻求着平衡。在这里，关照是自然，尊重更是自然。

我被感动了，无以复加！这也许是近三年来最深的感动，无关乎这个时代任何言之凿凿的论述，仅仅是一些具体到不能再具体的作为，具体不能再具体的事例。

当我们质疑国企的某些作为时，我们是否注意到另外一些具体的作为？沉默担当，理所当然，乐观积极，始终如一！志利厂长豁达向上的积极态度以及初见时谦逊周到却也率真包容的刘卫董事长，他们代表的不仅仅是国企精神，更是千百年来传承的文化命脉：仁者爱人！

观摩这样的企业是心灵的净化、思想的升华，更是关乎如何生存发展生动的教育课。让我们更深入地了解国企、更深入地理解我们这个时代以及生生不息的时代精神！或者考虑，我们还应该做些什么，才能无愧于这个时代，为这个时代添砖加瓦。

乘着歌声的翅膀

久违的旋律，柔美的旋律，亲和幸福的旋律，感觉随澄澈的天光游走，仿佛昔日重现。一切安静美丽，悄无声息，美丽亲密。

《乘着歌声的翅膀》是属于少年的歌声，也可以属于任何人。

所有心怀幽美、远离尘嚣的心灵，总会拥有歌声的翅膀，被或轻盈或浓重的爱意包围，甚至空气都充满柔美的气息，这是大自然对情感最高的奖赏，爱与哀愁，欢愉与忧伤，幸福之梦在音符中起伏，无限的期待和向往，任何时刻、任何地点、任何人。

似低语、似欢歌。简单的日子、非凡的日子，任何放下重负的日子，似清风袭来。小提琴提示着季节轮回，温柔地提示，心灵在大自然的引领下自由徜徉，周边的一切在音符中起舞。歌声的翅膀，灵魂的翅膀，平复着尘世的喧嚣，瞬间永恒。

清晨，我看到了霞光，明艳澄澈；傍晚，我看到了暮色，浪漫朦胧，都是那么好。带上我的丝巾和外套，戴上我的发卡和花环，散步于古老的乡村道，树影斑驳、月季花香，到处都是好地方。

迷醉千百次，亦不改初心，亦不改对你的心驰神往，乘着歌声的翅膀，盘旋在爱的身旁，一切都是当初的模样。看了又看，听了又听，沉醉不已。

Ⅲ

艺术印象

艺术超然于生活，

庸常的生活需要艺术，

虽然艺术本身也庞杂无限，

但总有一些艺术形式触动和启迪着现实生活，

犹如欲望的河流推动着追寻更好，

无限的美好。

目录

艺术如同一个告密者

穿好行头，细绘容妆，准备上场，满面容光。戏台上的男人和女人专注地表达着生存和生活，超越真实生活之上的理想化生活，尽管幕后、台下的日子庸常乏味，却在灯光汇聚的时刻找到了好感觉，是否部分地解释了人们对戏剧的喜爱以及对生活的期待呢？

艺术如同一个告密者，泄露着时代的秘密，通过各种形式，包括无处不在的胡言乱语，也许正是这些胡言乱语显示着人类一直行进在进化的道路上，需要艺术、需要彰显人性进步的艺术，为时代带来新气象。但是，何其难矣，我们不得不面对各种陈词滥调、老生常谈，并且报以适当的尊重，或者故作谦卑敬仰，把真正的感觉压制到仿佛不曾存在，直到自己都信以为真。

但是，真正的时代感觉是无法阻挡的，那是一代人的心愿和呼声，犹如寒冷冬天的阳光，耀眼辉煌。

冬天里的各种演唱会表达着时代情绪，唱了又唱，排山倒海的欢愉是人们的共同画像。画家亦繁忙，一些画家愿意屈尊俯就，筹办各种展览，至于收费没什么好指责的，其实艺术家填饱肚子和农民种地打粮道理一样，无所谓高下，首先是生计，其次是什么就看怎么理解了。

戏剧后台的排练感人又忧伤，犹如生活的现场，追求着改变和风光，过程毫无迷人之处，就像正在孕育的很多事，能把过程描述得很美一定是个一知半解的旁观者，靠猜测和联想度日。当然，尽量把过程描述得很美也是一种责任，重结果亦重过程是现代管理学广泛应用的胜利，虽然用在艺术上很牵强。

仔细端详或者浮光掠影，都是感受吧，傍晚记。

艺术家的表现力

艺术，艺术的表达赋予庸常生活以高尚的意义，让人感到，让人深切地感到：除了琐碎的日常生活，这个世界存在着另一种美好图画，未来可期待，生命存在着另一种力量，向善、向好，无限接近幸福的感觉。

艺术是一种能力、是一种力量、是无可比拟的创造活动，彰显着精神力量的伟大。但是，艺术是如此特立独行，甚至那些具有艺术气质的人本身也具有莫名其妙的个性，真纯易变，这种特殊的才能赋予了艺术家独特的精神风貌，把内心深处的感受表达出来，真诚坦白，这些似乎不可多得的才能对于艺术家来说仅仅是自然的流露，如此强烈，如此震撼！

艺术家的精神世界一定掌握着世界的奥妙。那些转瞬即逝的感觉在日常生活中一闪而过，艺术家抓住了其灵魂，通过各种形式表达出来，如绘画、音乐以及触及心灵深处的诗歌。

我们怎么瞬间动情了？我们怎么要放弃所有奔向远方？在平静安详的房间为什么要悬挂《山河岁月》？艺术家引领着人们生活的方向，从高远的精神追求到日常的家居日用，在平凡的庸常中创造着更美好的人间世界，忘掉了种种艰辛、种种痛，记住了远方和欢愉。

那些致力于表演和表现的艺术家们

那些合乎大自然美德法则的人类成就，都是近乎神圣的东西，包括建筑、艺术品，也包括经典书籍等，成为人们认识这个世界最直观的感受，散发着世世代代一脉相承的精神气质。

尽管如此，我们还是要感谢那些致力于表演和表现的艺术家们，如舞蹈、如演艺，虽然技术的发展使其可以作为影像储存并反复观看，但是艺术家们的劳动是"随生随灭"的，这种储存客观来说是好事，但对个人来说就不见得是绝对的好了，甚至有那么一种好景不再的冷漠滋味，就像落叶遍地的钓鱼台，或者秋雨淅沥的梧桐道。

亚当·斯密漫不经心地写道：一位将军可以在今年保卫国家的安全，但是今年的安全买不到明年的安全。这个观点被后来无数的经济学家发挥，被现实中的贸易商利用，更成为经济社会普通民众难以摆脱的忧虑，特别是在经济普遍的发展之后。

经济发展以及社会福利的普遍提高，并没有消弭人们的不安全感，斯密是怎样解释的？当代人又是怎样认识的？

经济学解释不了的问题，政治也同样无能为力。虽然政治和经济是一体的，经济和政治合谋解决更重要的问题，至于生活的远忧近虑，怎么诞生的就怎么消弭吧。或者找信仰帮忙，或者向道德致敬，或者索性学习舞蹈艺术家舞台上下自我旋转，自得其乐、自得其所。只要合乎自然，只要自然浑成。

过目难忘的画作

绘画，思想和情感的表达，犹如雨夜沉思，探寻着某种契合，画作与雨声的契合，冷静与狂想的契合，以及热忱与淡漠的契合。大自然以其无法抗拒的出其不意，骤雨倾泻，连绵不绝。

如同其他艺术形式，绘画亦是情感的体现。希施金的《造船用材林》带来的深邃与静穆，过目难忘。少年时的第一眼成为恒久的记忆，仿佛曾在那里生活几辈子。生活过好像还不够，只要想想画面中的风景，都会被拽回少年时第一眼看到时的震撼，犹如见到阔别已久的家园。没有去过怎么会如此熟悉、如此亲切？《造船用材林》带来无边的安静与沉思，时时刻刻。

也许，一幅画的真正震撼在于触动与契合，触动和契合了我们身体某个敏感多思的神经。谁知道我们的祖先从哪里经过，又去过哪里？经过千百年进化，我们的基因又怎样传承与突变？绘画，倾尽画家心力的作品感动着野蛮奔涌的血液，唤醒着睡去的记忆，如此之好也如此之忧伤，超越了画作本身。浓重的风景与喧哗的市井，带来同样的触动与安慰。

在过目难忘的画作中，《清明上河图》表现的世间繁华景象，犹如深入其中，可以放在任何抽象化了的时代，可以表现任何时代的市井繁华，这样的繁华存在于国泰民安的日常生活中。生存百态均有，生活百物均有，满足着人们看不见的七情六欲，呈现着生的生机与活力，传递着浓重的现实气息。如果忘记了生活的本意，可以看看《清明上河图》。

夜雨连绵，沉思久远。

朗读者

表达，人们无时无刻不在表达着生的感受：欢愉、忧伤、无奈、愤懑、喜与忧、欢爱与落寞。人们如此热爱着生，不仅承载着日日夜夜的口腹之需，还要为不尽的欲望披荆斩棘，日复一日，不断创新，却又改变不了重复的命运，或者叫作轮回。

路边的花朵鲜艳得几乎失真，太美好的事情总是令人晕眩，就像任何美到极致的物品，都那么不可思议，甚至超过了创作他们的人。物贵人贱，人们却心甘情愿接受这样的事实，因为拜物，如久远存在的建筑，如华美的珠宝，如任何比人的生命更长久的尤物。这是那个神秘主宰最宽宏的恩赐，让人的魂魄附着于物，赋予物品人的性情，让不同年代的人感受曾经存在的气息，既残酷又温馨，成为世间不能言说的秘密和新奇。

轮回，生命的轮回已被无数的智者从不同的角度论述，说了又说，永远不知疲倦。庸常的生活与高远的理想，在某些时刻是一样的，重要的在于人们的心境，看不见的心境左右着人们的感觉，在空气中弥漫。

为思想找到其他的出路

中秋节后，清风习习，蝉鸣声声，房屋和树木静默，晴空万里！

人们在善意和友好中度过节日，暂时放下生的种种烦恼，勇猛以及无奈，以最稳当的妥协精神，感受着季节的美好和生活的点点滴滴，包括举杯望月，包括共叙亲情，包括积习不改、发表各种议论，调理思想和生活。

拥有正确的思想也许是很困难的事，或者正确与否也需要时间检验、需要空间衡量。时空以它的恒久不变，裁定着世间万物。

但是人们，人们还是倾心尽力地思考：我们从哪里来？我们到哪里去？我们都做了什么？这些原本意义缺失却又迷人的疑问，既令人困扰又令人沉醉，成为人们生活的一部分，不管是重视还是忽略，甚至是人们情感纠结、痛与快乐直接的根源。人们深陷其中，难以自拔。

"当我减少对事物知识过度追求的时候，反而容易被心灵的简单和纯净所激发。简单与纯净激发的认识，甚至比原来期望的更多。"

为思想找到其他的出路？勤勉、清醒、朴实、顺其自然，足够了！

自我表达的快乐

每一个人都有自由体验、自我表达的快乐：思想、语言、身体互相配合，共同表达和体验生之为人的快乐。

通过工作，人们接受着精神和身体的双重考验，锤炼着心智，感受着付出与回报。

通过爱情，人们感受着每时每日非同寻常的欢乐与期待，身体和精神共谋，为生活涂染瑰丽的色彩，让生活变得迷幻妖娆。

通过语言，人们不懈努力，表达着生的是非恩怨，怅惘与展望以及遥想可及的美好境界。

人们只不过是生活在行进的过程中，不断创作。人们感受和体验，在努力中生存，在学习中生活。是的，不断学习，怎样生活以及怎样更好地生活！

困难、艰苦和阻力，陶冶着人们的性情，锤炼着人们的耐力。感觉在深化，灵魂在进化，如果我们确信感觉可以保留，灵魂可以不朽的话。

当一个男人和一个女人的境界达到一定高度的时候，他们的身体和精神就会共谋：水乳交融，仿若一体，构成精神联盟，以防御爱情随时间而褪色。

绘画，在喧嚣中进步着

在社会生活的演进中，一切不知不觉，悄然无息。犹如生命一旦结束那种伟大而神秘的颤动，一切将恢复平静，然后是漫长却充满生机的孕育。

社会繁荣带来普遍发展，绘画也在喧嚣中进步着，虽然其存在方式有着这个时代独有的特点，投资、收藏或者交易，标注着犹如金融泡沫般的价格，令人羞耻的价格，但并不妨碍人们对美的追求和表达。这个时代的人们已经日益感到：除了解决现实事务的种种能力，理想世界和精神世界同样不可或缺，或者，在某些时刻变得更重要，人们需要在理想的世界中有所作为。

在社会实践的课堂中，人们已经学会和成就很多事，学校中那些"陈词滥调"以及不着边际的臆想已经满足不了现实的丰富多彩。在实践中逐步确立的自信足以开辟新的天地，不必再俯就外来的思想，可以完全依靠自己的觉悟，自身的感觉和内心的力量开始变得强大，世代传承的本能在实践的历练中得到锻炼和加强，并且在后面的体验中继续得到锤炼，开辟属于自己的天地。

雨天观画作，宏大的山河岁月庄重肃穆，惊叹人的本性中潜伏着如此磅礴的力量和气势，敬仰之情骤然而生；而那些简素庸常的花鸟鱼虫，传达着生活的温暖气息，仿佛在昭示着群体的强大以及个体的单薄。心灵既可以博大无边、气势恢宏，又可以单薄柔弱，范围之广，美丽异常。还有，还有很多，我写不下去了。

书法，不紧不慢书写着生的种种态度

如同生物的体貌反映着生存状态，作为中华文化的书法体现着我们民族世代的生命气息以及对这个世界的认识和表现，其背后的力量足以承担起文化血脉传承的重任，也丰富着曾经存在于世或富贵或贫瘠的精神诉求，这个诉求在某一点上趋向一致。

广袤的中华大地滋养了无数的各类大家，严寅亮以书法传世。就像我们不知道谁发明了如此之多的文明器物，也很少有人知道厚重雄浑的"颐和园"是严氏所提，直到在某一个不经意的时刻，看到"借问行路人四面云山谁做主，坐观垂钓者五湖废水独忘机"的超脱一问；直到看到"白水如棉不用弓弹花自散，红霞似锦何须梭织天生成"的潇洒自然；直到看到"春晖寸草夜郎道，明月梅花慈母园"的浓情厚谊，我们对中华广袤土地上存在的人生情怀才有了那么一点儿了解，再深入地了解下去，从厅堂庙宇到寻常村舍，各类楹联、匾屏、幛旗、文契、招牌，都充满了那样厚重的表达，不紧不慢地书写着对生的种种态度。

书法，是生存在这片土地上人的魂魄，世代传承延续，尽管常有曲折，却绵延无限。

绘画是思想的凝结，心灵的舞蹈

在所有的时代风尚中，绘画恒久占据着统御的地位，或者御用或者民用。虽然绘画多数时候描绘的不是生活，而是在汇聚精神之后升华了生活，或者揭露生活的欠缺和遗憾，以及人世间种种需要的展示和表达，无穷无尽。

时间改变着风尚，时间也了无痕迹地消泯风尚。那些存在于世的各种绘画，或繁复或简约，在时间的长河中此起彼伏，完全取决于每一代人的偏见。我尊重每一种好，却还是无法克服自己的偏见，或者偏爱，犹如"人世间百媚千红，我独爱你那一种"，在某一时刻终于明白了什么是情有独钟。读了又读，看了又看，某种悲悯之情混杂着怜与惜，一幅倾注画家情感的作品从诞生的那一刻起，如同独立行走江湖的豪杰，开辟着属于自己的领地，撰写着属于自己的华章，或苦难或辉煌，一切交给了时间，或者独立于时间。

观看绘画需要安静，了无声息的安静，内心的想法随时间静默出现，某种虚妄在远处蒸腾，画面成为现实的一部分。能够激发无限联想的画作，即使创作者是个魔鬼，也是可以原谅的。况且，这个世界的魔鬼和天才都不多见，平庸之辈遍地都是。

画家静默安然，画作震撼飞扬

喧嚣交错的大厅，画家静默安然，而画家的作品，飞扬而震撼。瞬间，也只有如此的感觉可以表达那一刻的感觉。

世间的千百种存在，飞扬的骏马代表着一种精神，一种义无反顾奔向未来的精神，势不可当，犹如历史的伟大进程永远向前。张永生先生的骏马激起的联想，甚至给深夜披上激情的盛装。是的，个体生命的未来也许是悲观的，但个体汇聚起来的强大力量却可以充满希望，不可预测的运气或者种种风景，爱或者美丽甚至苦难，充实着生的征程，一如张永生先生飞扬奔腾的骏马，自由不羁，创造着属于自己独特的未来！

张永生先生的作品，作为中美建交 37 周年中国艺术大家被载入美国邮票史册，体现了文化交流互鉴的时代特色。当代艺术大家受到两种文化的认可，彰显着属于这个时代的精神风貌。

对于我们这些数千年文化传承的大国子民，文化家底厚实固然可幸，开创具有鲜明时代特色的作品更是一种责任。张永生先生没有谈起责任，而是言谈谦虚温和，散发着淡漠怡然的超脱气质，一如他的画，使人看过之后不能忘记，引人思考，催人向上，对此生此世流连不已。

文化，挣脱着思想的羁绊

要将文化和思想区隔，很难，但也并非如想象的那般难解难分。文化在默默承载和表达思想的同时，也在不知不觉中分化和丰富着思想、改变着世界，虽然文化自身总是有那么一种特立独行的味道。

在世俗社会中，人们忙于生计或者做着如升官发财的梦，文化好像总是以附着物的形态存在。文化在各个方面泄露着人们的秘密，从衣食住行到言谈举止，但是人们往往以感觉说长论短，这是文化的微妙之处，也是文化的个性所在。

现代人追求民主，希望张扬个性，而现实中的具体表现却往往千篇一律，所谓的个性其实就是无个性，也可能有人会不以为然，无奈，大国人多，即使存在个性，在追随和被追随的过程中，个性也很快变成共性。倒是历史千年传承的文化依然故我，保持着独有的特色，千人仿效，万人膜拜，也仅仅是学个皮毛，东拼西凑地改良改进，骨子里的精髓不变，文化挣脱着思想的羁绊，最终还是倒在思想的怀抱里。思想不进步，文化也前进不了多少！

孔子不学诗，无以言

孔子曰："不学诗，无以言。"不学习诗歌，没法说话了，孔子对诗歌的认识是非常彻底的。

但是，两千多年来，没有人把孔子当作诗人，仅仅是把孔子作为儒家学说的代表，用于治国理政以及指导现实生活。显然，后人缺乏诗意的认识错怪了孔子，一定是错怪了孔圣人。

孔子的礼节礼仪非常具有诗兴，而诗兴基本是浪漫主义以及自由的标志，孔子为实现理想周游列国，既是浪漫主义的体现又是自由主义的最高形式。看看孔圣人的履历，理解就会愈加深入，特别是在某个漫长的会议或者读完某个长篇报告之后，理解尤为深刻。

喧嚣之后想想孔子的"不学诗，无以言"，似乎懂得了一些曾在不经意中溜走的道理，至于是什么，留待以后深思。

读《论语》最好是随着岁月蹉跎，逐渐懂得

读《论语》这样一部语录体的书，比起读动辄上百页的报告，不知要享受多少倍。虽然现代人比较讲究舒适，但做起事

来基本是和舒适作对，写文章、讲话诸如此类的事也基本是如此套路，和舒适绝缘，甚至走向了舒适的反面。

《论语》中的对话以及孔子日常生活中的一些事情，放在任何时代似乎也没有什么稀奇，但是把并不稀奇的事情处理好却又非常难得。据说儒学思想基本都能在《论语》中找到，2000多年的传承再加上不断的解读演绎以及发展，成为体系亦属必然，但是《论语》读起来并不晦涩难懂，当然真正理解懂得需要假以时日，这个时日以年计或者数年计，最好是随着岁月蹉跎逐渐懂得，类似瓜熟蒂落般的过程尤其好。

《论语》的好，不一而足。孔子认为"极高明而道中庸"，理解这样的语录，恐怕是需要经年累月的，无论是庙堂还是江湖，都会派上用场。还有"文质彬彬，然后君子""道之以德，齐之以礼"或者"性相近，习相远也""是不为也，非不能也"，变成字帖或者书法挂在墙上或者任何地方，经年累月，既是教化也是昭示，世世代代受用。虽然现代人受民主自由浸染，喜欢突出个性、彰显自我，但是亢奋期一过，还是要回到中庸，追求某种"极高明"。

《诗经》，诗歌的绝响

金融和财政的新问题、新语汇越来越多了，多到必须聚精会神才能理解的地步。

前行的步伐，或者与时俱进，或者与时俱退。时间在与时俱进，而具体的人是与时俱退的，懂得又怎样？义无反顾地前行，一如既往地努力，挑战人类制造问题与解决困难的极限，是这个时代的特征之一，仿佛不断进化的抗生素，新菌落在助推，一直在助推！

翻出一本工具书，扔掉！翻出一本论文扔掉；翻出一本经济学原理扔掉，这些原理扼杀着人们的情感；翻出《诗经》，留下，一定要留下！

《诗经》，诗歌的绝响，我们的祖先曾经有着多么优美的生活和感受，看到其中的诗句，也许会唤起我们身上仅存的一点浪漫情怀，为生活增色添光，而不仅仅是正襟危坐为金融末日忧虑。世界没有末日，只有未来，未来属于未来的人们，懂得这一点就足够了。经济学不能给予的，《诗经》可以做到，也许我们总有一天会明白：为什么诗人会相信柏油路上可以长出玫瑰花。

无可无不可

某种形式的虚妄，不仅是生活的一部分，而且成就着艺术以及生活，丰富着时间带来的一切。天地万物声色之美，关乎生，此时彼刻。

春天之美在于万物萌生，无论怎样的老生常态，总是生机无限。"无可无不可"的境界只有少数人能及，尝试理解它的深意，某些时刻理解了，更多时刻遗忘了。深陷各种非此即彼的追逐，投入或者虚妄，积极或者懈怠，却极认真，这就是现实，人是环境的产物，真正理解了这句话，即使是一刻钟，也算是进步。

"有容乃大"的画展中，那个谦恭淡泊、修养一流的画家，却是那么平和，他把绘画当作生活的一部分，融入得那么好，至今难忘！

故宫宝蕴楼

故宫宝蕴楼，汇聚"历代文物之所萃，品类最宏，举凡金石书画、陶瓷珠玉，罔不至珍且奇，极美且备"。这座建于1914年，存放文物的西式楼房，安放过多少人间珍稀？发生过多少故事？在夕阳西下的傍晚，在吴牧野演奏的肖邦练习曲中，在燕子的飞旋中、在乌鸦的叫声中，凝固着岁月、凝固着感觉！

宝蕴楼的红色墙底，随着傍晚的天光逐渐浓郁深邃，也许故宫的红墙传递着时间的久远，抑或被皇家礼仪浸染太久，显示着不一样的神采。一代又一代人来到这里，而这里恒久不变、容颜如初，几经残破终又恢复最初的样子，魂魄不改、容颜未变。我站立的地上曾经走过多少人？宝蕴楼见证过多少事？即使在当代当下、此时此刻，曲终人散，恍若梦境，单院长的身影，吴牧野的身影等均消失在红墙掩映的暮色中。

消失散去，流连在故宫红墙外，流连在古树花丛中，人迹消散后空间仿佛扩张了若干倍，到处空旷深邃，凛然而寂寞。吴牧野的钢琴声也许会为旧皇城注入时代的新气息。时而轻柔舒缓，时而激昂狂热的钢琴声是这个时代的声音，是一个高贵从容的当代人的声音，他为同时代人明证着人们的向往，虽然这个向往曾经沉睡或者曾经被遗忘。

故宫博物院：红墙静默及其珍宝

"雕栏玉砌应犹在，只是朱颜改。"故宫，朱颜未改，雕栏依在，珍宝尚存，只是一代又一代的帝王君臣以及后宫嫔妃消失在了时间的烟波中。

雕栏玉砌，那些匠心独具的建造者的心思高远缜密，把对生的理解和帝王的愿望结合得如此紧密，甚至仅仅是用来照明的宫灯也形态端庄，即使残破也傲然，仿佛依然为红墙内的人们指路照明。

还有明代缸、清代缸，虽形状有异，但都端正稳重。这些默然存在的大缸早已不再承载最初的功用，却厚重有加，在时间和风雨的历练中，价值无限，带给人们的遐思更无限。

而著名的金嵌宝石镂空花卉纹八方盒，繁复的名字仿佛物品本身，华贵典雅，精致无限。八方盒的制作者一定有着美好的心灵，高洁无瑕，对这个世界怀着极度的爱恋，用他不凡的心思和手艺，精雕细琢，不求效率只求完美，给世界留下最奇异的瑰宝。

镂雕、累丝及镶嵌，不凡的工艺纹饰，以及镶翠、蓝宝、红宝、碧玺等各色宝石，颜色数量均纷繁。一件物品承载着多少精妙的心思，以及人们思想的精华？看过后再看，人们如此热爱着生，如此表达！

清泰蓝香炉

魂魄，长存于世的物品一定有魂魄。看久的物品如同亲近的人，有着超出一般的亲，发自内心的喜欢。

在世间千百种关系中，割舍不断的要么是关系恒久的血缘，要么是痛彻心扉的爱恋，无须说得清只需感受到，足矣。

端详蓝色香炉，感觉逐渐安详。世间万物在喧嚣和寂寞之间徘徊，犹如这个清泰蓝香炉，曾经承载许多也遗弃很多。静默无语，美丽依然地存在着，无视人们的爱与憎。

舆论如同空气一般存在着

什么是生活的旁枝末节？什么是生活的根本所在？哲学家回答不了的问题，艺术家也无能为力。但是哲学和艺术一直坚持不懈，行走在探寻的道路上，为我们留下伟大的思想和实践，用各种艺术形态装点着生、装点着生命的壮丽辉煌或者苦难深重。

骤雨过后，天空清澈异常。

就像一场交响乐会后的宁静安详，表现得已经相当充分，生活重新回归庸常。在庸常的世俗生活中，尽管众生喧哗，却免不了陷入舒适安逸不能自拔。那些激进的观点无论多么冲动，也改变不了事实上的平庸，一切仅仅是说说而已，或者沽名钓誉或者泄一时之愤。另外，大声喧哗者没有真正的裁夺权，舆论仅仅是舆论。

在和平时代，舆论如同空气一般存在着，并没有束缚真正裁夺者的手脚，甚至舆论制造者本身也没有太过较真。人们如此健忘，今天投入这个，明天投入那个，被事件和情绪左右，碌碌无为还以为一切尽在掌控中。

哲学在雨天销声匿迹，画家闭门作画，演员们低声朗读着古老的诗句以及当代人的家长里短和情感忧伤，既无震撼的力量也无洞见，人云亦云地发声，可有可无。也许生活的根本即在于此：一切如常，平静如初。

树影斑驳梧桐道

像沉默的男人，静默凝思。

如果是凝思，他在凝思什么？梧桐道的寂寞与喧哗，在澄澈的夜晚，在皎洁月光的映照下，触发着转瞬即逝的想象，也触发着对这个世界的联想与展望，还有回顾。

在生的征程上，也许只有人类才多思多欲，想象无边。被无边的想象牵引，忘记当下和现实。人们多虑又健忘，慷慨又吝啬，对这个世界付出又索取，了无尽头！当下的一切都可以成为烟尘，但是人们却拿得起放不下，说了又说，从不满意，任是烟尘也前赴后继，从不停息！

梧桐道也许经历很多，太过高大的树木总是给人凛然的感觉，也许相对论在暗示着什么。倏然涌现的想法太多，来不及思考就被新感觉淹没了，很像这个快速发展的时代，新鲜和新奇摧残着人们的神经，比学赶超还是经常落伍。

幸好每个时代都有一批遗老遗少般有着复古情怀的人们，把老旧却深藏人们记忆的物品奉若上品，百般呵护，给人昔日重来的温馨感觉。也许不破坏就是传承，我想，传承也许就是留给自己连续不断的生命记忆吧，无论好坏，都不应从记忆中抹去！

梧桐道不长也不短，便于漫步也便于静坐，无人打扰的时光就是好时光。

关于风格

某些传记作者，他们的作品甚至超越了他们描述的人，给主人公增色添辉，给人物穿上掠人心魄的金罩衣，让我们深深地记住。

风格是人们身体内的灵魂。我们可以准确地描述脸、身体或者外貌，但是我们只能抽象地谈到风格。风格如影随形地伴随着人们，那样一种态度，那样一种风貌。

风格的魅力在于让人记住，当然，趋利避害的天性，还是让我们愉悦地记住了良好的风格，遗忘差的。

看了两篇不同作者对同一个人的传记描述，天壤之别！

传奇女人与市井商妇，同一个人出现在不同作家的笔下。不要深究了，一个浪漫主义艺术家和一个想象力匮乏的编辑本来也不是同道，看人看物相差十万八千里，也属正常。但差距如此之大，还是有些惊异，很惊异。

看来，这个世界非常需要向上看，需要超越现实生活的理想主义者！

音乐清理着精神的尘埃

《人们的梦》悠然响起，清理着精神的尘埃，回归安宁！

人们的梦，舒缓的梦、张扬的梦、失落的梦，个人幸福之梦和国家复兴之梦，梦想无限！人们畅游在既风光无限，又暗淡神伤的梦想世界里。

音乐从哪里传来？浪漫而忧伤，反反复复。停留在梧桐树下，强壮而伤感的梧桐树，有多少思考在树荫下徜徉，有多少情怀在枝叶间飘散，即使没有酒精助力，也可以感触到那一时、那一刻的豪情与狂放，以及舒缓与落寞，仿佛不尽的人生，那么多，太多了！多到几乎没有人理解它的真意。

音乐，换了节奏；季节，换了妆颜。

音乐从何而来？淡然而平静，仿佛一个浪漫路人对一个行人的关注，谁能看到心情的异动？不，我们不需要知道很多！如果我们需要空旷，就不要承载太多；如果我们需要沉重，就要把空间填满。越多越好？越少越好？在多与少之间？我们拥有什么？我们应该拥有什么？

人们的梦，梦向何方？梦向心仪，情系所依！

夜未深，曲未终，情未尽

理解意志是个颇费精力的事情，因为某些著名的哲学家把意志搞得如高科技一般，令人生畏。他，把意志变得简单了：恰如其分的固执就是意志，或者恰如其分的偏执。没有意志，生命就会枯萎；没有固执，就不成为其个性；没有偏执，生命也许就少了很多魅力，而魅力是一个男人或者一个女人在这个世界上独一无二的标志。

虽然人们总是喜欢美化谋生的手段，把工作描绘得尽可能高尚，或者用"事业"代替"工作"，而其最本源的支持是意志。坚不可摧的意志成就着男男女女的梦想，成为事业的原动力，当然，还有情感以及一以贯之的生活。

我被彻底感动了，夜未深，曲未终，情未尽。

那么伤感而迷茫、那么激昂向上，又是那么沉静，仿佛远去了的岁月、仿佛近了的脚步。人们怎样热爱着生，表达着对生命的热爱，严肃又戏谑、轻松又沉重、严谨又散淡。他们是生命的创造者，也是生活画卷的践行者。

千般情万般意，这个世界总是令人惊奇，感受和理解惊奇，是生活的一部分，意志一直在不懈努力。

语言充当着思想的使者

如果人们的身体完全接受思想的支配，也许会永远处于运动状态。幸好，人们的身体并不怎么听话，思想并非落实到行动的例子比比皆是。仿佛中央政府的号令并不完全能在地方执行，于是各种督导应运而生。在具体生活中，思想不被执行，在某些时候也许是好事，特别是那些胡思乱想，以及奇思却不奇妙的想法。

但是，在思想和行动之间，人们还通过语言表达，这样混乱的思想或者不混乱却可怕的思想一经语言传播，就仿佛种下了行动的种子，危机有了诞生的现实土壤。这样的例子比比皆是，各种未曾发生的假设，一旦从人们的嘴里蹦出来，仿佛乱箭四射，为人们炮制应对之策提供了各种靶子。世界，失去了平静，人们的个人生活也开始丰富到足以令人眩目。各个频道的电视节目基本都在提供明证，人们的现实生活也正在演绎，语言充当着思想的使者、行动的风向标。

但是语言，经常受情感左右，而情感就像一个怪兽，谁知道被哪根丰富的神经牵引呢？人们"发明"了各种各样的制度，也许是为了和情感抗衡，或者和情感同谋，指引行动，让身体听从思想的指挥，最终把思想变成行动。

在这个过程中，情感有时隆重登场，有时漠然退位。

赝品及其价值

从问题的对立面看，赝品在佐证真品的价值，无论出于什么目的。

在马萨诸塞州春田博物馆举办的一场名为"欺骗的意图：艺术世界的伪作与赝品"的展览中，著名的伪画制造者凡米格伦临摹了大量维米尔作品，据说其伪作十分逼真，蒙骗了许多最高端的鉴赏家。蒙蔽与被蒙蔽、误导和被误导，两个相互关联又极具争议的动作，不简单的动作，为这个世界创造着新奇与吸引力。

某件事情能够引起人们持久的关注以及经年不衰的兴

趣，本身就是传奇，至于真假，也许已经不重要，或者很次要了。就像祖传下来的老物件，在那个时代可能非常稀松平常，但是有了时间的洗礼和情感的浸润，就变得非同寻常。

真真假假的事劳心费神，如果真的好，假又何妨？不过是借个名而已，其中的八卦传闻供后人参考、沉思甚至愉悦，都由后人定夺。

新锐艺术家的表达

任何形式的当代表达，都反映着思想，至于汇聚成怎样的精神，要由时间度量，而时间的烟尘对所有的表达都疏忽淡然，而生活在时间中的人却渴望被证明。

新锐艺术家也许太新锐了！

从雕塑到画作，考验着参观者的判断力，尽管参观者已经被各种信息冲击，判断力日衰，或者无须判断只要接受。但是人类求新求美的本能是简单的，视觉和触觉混合在一起的感觉强化着本能，美的显而易见，丑的不容分说，千古传承的感受与体验并没有创新突变，甚至保留着古老端庄的严肃态度。

新锐艺术家的作品，恕我直言：第一，对美的力量极其薄弱；第二，降低着审美情趣。至少处于教化育人阶段的父母不能带孩子参加如此的展览。这样的评论冒着风险，直言招恨。好在当代某些门类的艺术家本身很无力，不像欧洲十五世纪的艺术家，一旦遭到反驳或者批评就凶恶谩骂。其实，任何世纪都如此，和艺术沾亲带故的行当都喜欢谩骂、对骂，不像武夫一言不合就拳脚相加，伤筋动骨。就像新锐艺术家的画作，混乱无序却也存在着。

艺术热衷于表达，通过各种形式，无可厚非。当代传媒技术的发达以及各种书籍的盛行，可以减少和各类新锐艺术家的交往，甚至和各类艺术家交往的必要性都大大降低。艺术和表现艺术的人，是两回事。

画家工作室

画家工作室，部分体现了画家的精神和思想。

情感和精神共谋，成就各种艺术形式。一幅安静的肖像画可能表达作者心中的仰慕，或者是某种刻骨铭心的生存状态。人世间的千百种姿态，总要有所体现，同时释放着艺术家多余的精力，顺便揭示着时代，为时代存档。

信息太过繁杂影响着感官，刚好是某个画家标榜的反面。在技术、信息、各种观点的共同作用下，对事物的原始知觉变得紊乱、破碎、无序。就像语言在纷繁的感受面前变得无力，或者面对无法解决的分歧最后拳脚相加或者对骂。无论感官如何敏感，感觉如何超验，抽象都取代不了活泼的存在。既然要表现原始与自然，即使临摹景物也比混乱的图画好。

本想对时代进行批判，最后却被时代征服，意志不够强大来挣扎和反抗，是某些当代画家的特征。披上艺术的外衣容易，深入骨髓的艺术感受难。那种天然的激情与反叛，冲突与情感本不需要任何衣裳，如果无法抵挡时代的喧嚣，也酝酿不出奔涌的激情，驾驭不了癫狂也掌握不了平静。画作必须具备原始知觉，不会为任何世俗所累，像任何这个世界上存在的伟大画家，极端的狂热与极端的痛苦，沉溺于超常幻觉，把美或者痛留给世界。

画家工作室，和许多创作室一样，也许在于展示；画家亲自出去办画展，深度融入时代的商务往来，也算是进步。和不顾一切的艺术比起来，生活永远占据着首位。理解了却不愿接受，需要酒精或者绿茶平复，也只有用酒精和绿茶来平复了。

紫禁城，曾经居住过 24 位皇帝的皇宫

紫禁城，曾经居住过 24 位皇帝的皇宫，肃穆庄严、气魄宏伟，在傍晚的天光中，彰显着皇权的威仪以及人类精神的伟大。它拥有足够的面积，据说整个建筑群总面积达 72 多万平方米，拥有殿宇宫室 9999 间半，单霁翔院长走遍大小殿宇、宫室，磨破了三双鞋。对于这座历经 600 多年的宫殿群落，只能用我们的敬仰、好奇以及想象力来领略，领略其中的不尽故事，像珍藏的无数珍宝一样的不尽故事，关于天、地、人，关于生、关于去，绵延不绝！

用怎样的心思参观这座宫殿？人群喧嚣、东张西望，民主社会的人民独断而散漫，争取着权力却也对权力漫不经心，争取着自由却对自由轻慢有加，很可能跋山涉水来到帝王统御之地，却怀着家长里短的心境询问后宫逸事，那些威严的宫殿接纳着疲倦的参观者，台阶以及石板地均可以休憩，幸亏大臣们

都不在了，故宫当代管理人员宽容大度地视而不见，无意中表达着民主社会的宽宏大量。

故宫的四个角楼精巧玲珑。10米高的宫墙长达3400米，还有52米宽的墙外护城河。有墙有水隔护，安全感才存在，外朝和内廷才能安然处理国务、行使权力抑或生活行乐，当然也可能密谋任何需要密谋的或宫闱之事。古代建筑讲究秩序和章法，太和、中和、保和三大殿为中心构成外朝，是处理国务和行政事务之所。乾清宫、交泰殿、坤宁宫为中心构成内廷，属于故宫建筑的后半部，皇帝及嫔妃们在此生活娱乐，也是历代百姓最关注的地方。通常情况下，治国理政不仅需要特别的才能，也是颇费心智崎岖复杂的事情，而生活娱乐感情等人人可以根据自己的理解做一番解读，如当下技术助长的各类网络八卦。

参观和了解故宫需要时间，需要很长时间，即使走马观花，这是生活在历史悠长的大国人民不得不面对的现实。我喜欢故宫，但对它也一直停留在粗略的一知半解，需要时间、需要耐心也需要想象力，事隔经年，重逢单院长，瞬间萌发草拟故宫组诗的念头，记下此刻留作纪念。

无暇他顾的伟大实践者正砥砺前行

根植于大自然深处的自觉，以风雨的形式再现，以清冷的形式再现，这就是秋天，这就是秋天的夜晚。我们的双眼被感觉占领，我们的感觉因季节变化，我们的思想终于成为感觉的奴隶，纯粹而直接、简单而粗暴。

一个谨慎画家笔下的风景无法触动心灵，一个向往名利的作家也不会写出好作品，貌似高深的经济学家丢掉了常理，而那些无暇他顾的伟大实践者正砥砺前行，创造着属于他们时代的丰功伟绩！他们怀着不假外求和与生俱来的心智装备，不畏任何艰难险阻，开创着时代特色，甚至诋毁和恶意也成为激励的一部分。

秋天是伤感的，秋天也是饱满和充实的，甚至是为新的成长积蓄力量。时间宽待着世间万物，我们的感觉也不可能被一种认识统御，如果仅有一种认识统御的话，也必须是生机勃勃、昂扬向上的力量。

感觉调整着情感，情感引领着思想，朝着一个方向前行，甚至可以把感觉中最柔弱的思念引向正途，为仅此一次的生命助威助阵。（感谢我的朋友和他的雪茄，以及温情的劝告，让我恢复了记录日常生活的习惯。）

语言随时代风尚而变

文化交融在于交流。发达的当代交通以及通信技术，为人们创造了充分的交流空间，而爱说话且喜欢表达又是人的天性，这让传统文化的矜持和谨慎遇到了困惑，遇到了需要斟酌却也没有明确答案的困惑。

孔子曰："君子食无求饱，居无求安，敏于事而慎于言，就有道而正焉，可谓好学也已。"孔子强调"敏于事而慎于言"，是历代士大夫必须遵循的原则、是官僚阶层必备的素质，并且"天何言哉？四时行焉，百物生焉，天何言哉？"天地不言要靠悟，明白也好，觉悟也罢，反正"子欲无言"，不想说话了，天地自有其秩序，无言而创生，静默中孕育成长，神秘却也现实。

《圣经》开篇中就有，"神说：'要有光'，就有了光"。语言在前，创造因语言而生，不说话怎么可以。在西方文化中撰写演讲词以及语言优美的表达不仅在十四世纪的各类书籍记载中成为时尚，即使到了当代也非常重视语言的训练，语言甚至代表着阶层和出生，语言表达是个人最重要的能力，特别是各类行政部门，正如我们看到的，像喝粥一样流利的语言充斥各种场合，说了又说。孔子诞生国度的后裔们仍然遵循着千古遗训，在重要行政场合，不仅遵循着《论语》，也遵循着言行谨慎的遗风，千篇一律，模棱两可。

语言随时代风尚而变，人们对语言的态度也因时因地而变。不变的是考虑到语言作为思想的使者，时常被听者引申发挥生出许多意想不到的意思来，从这个意义上讲，孔子高明，《论语》深刻，还是慎言或者不言吧。

艺术的生活化

文化和艺术密不可分。生活在现实中的人，从漫无章法到条理清晰，需要走很长的路，看得清与看不清都是状态，随时间前行，有时快、有时慢。

艺术的生活化，不仅仅是从高于现实的生活思考，多数时候是具体生活的标价。理论家总是批判或者带着批判的思维对世俗艺术指指点点，但这并不妨碍世俗生活的喧嚣，文化和艺术总是如空气般存在着深入生活的各个领域。完美的表现形式彰显着文化艺术的最高形式，或者达到了阶段性的最高，存在于市井的粗陋模仿也值得关注，也许更能代表普罗大众对生活的美化和向往。

各类艺术品收藏者喜欢为各种原创标个高价，当一张纸一个瓶子价高到匪夷所思的地步时，艺术就已经进入世俗的交易，既是脱离普罗大众的过程，也是让自身深入大众的手段，通过这几乎魔幻的经历只有文化与艺术才能达到如此的崇高地位，只要人们需要，文化和艺术总能为自己找到栖息地，看起来不俗，其实已经俗到无可企及，把自己推到如此之高，也许只有文化和艺术有此能力。

仔细端详着几幅利用高科技模仿的书画赝品，很美，令人心醉。在科技普及的时代，如果我们对原创不那么耿耿于怀，同时有心怀对文化和艺术的敬重，模仿及其各类仿造品，不仅美化着普通人的生活，也成就着普通人对美好事物的倾心。艺术不仅为权利和富人服务，也为普罗大众服务，甚至在乡村，我们也可能看到骏马图以及各类貌似价值不菲的瓶子、盘子等。

IV

沉
思
断
想

各种缘起于生活的认识有趣亦枯燥，

时刻激发着灵感也很快成为过往，

记录生活及其认识既是工作也是生活。

面对现实，

着眼未来，

适合于任何人任何事。

有感而发的文字记录着某时某刻的感情和认识，

有对也有错，

或者不以对错论。

目录

贸易，为世界增添无限的活力

贸易，即使休息日也繁华不息地运转着，为社会增添无限的活力。

贸易走到哪里，就把文化和风俗带到哪里。在贸易如此繁荣的时代，互联网助力各种千奇百怪的物品冲破种种壁垒，将它们带到任何地方。只要有足够的人口，就仿佛可以承载一切冗余，虽然生活本不需要那么多，但是人们总是感觉少，包括坚实的房屋以及耸立的高楼，无论壮观还是丑陋，人们都想要，虽然里面生活的男女不见得多么雄壮美丽，或者房屋里面根本没有男女生活，只是空落存在着。

贸易带来和平，尽管现实生活中不时发生贸易战，但这种战争和真刀真枪的战争还是有着巨大的区别。在贸易中，商人追求的是获得利益而不是征服，或者征服主要以利益为前提。这为现代社会各国治理提供了非常有利的条件，恰当或者适当地顺应众生赚钱获利的本性，总比教化某种冥顽不化的信仰更有利于统御。在南方画个圆，在北方画个圈，众生趋之若鹜，为贸易开辟了大舞台。

贸易带给社会治理的难题也是最大的难题是：一切人道的行为、一切道德的品质全部成为可供买卖的东西。价值及其等价交换的原则腐蚀着人性中美好的奉献精神，以及温柔的情感和激情。那些人性中最美的光华是无价的，一旦标上金钱的标签，很可能变得索然无味。当然，如果我们放弃某些敏感和真挚，几斤几两的标价就是人类社会最有效的度量衡，我们只需学着哲人知取舍、懂放下即可。当然，这也不是易事。

贸易的好处不一而足，而贸易的坏处也显而易见。我想此时，贸易的最大好处是在互通有无的基础上为人类社会增添活力，解决一些问题，再带来一些问题，同时给某些一到休息日就对人生深陷怀疑、无法自拔的人一个劳作的借口。

贸易和万能药以及奇异的关联

尽管人类自封为万物之灵，却一直为自身的不灵困惑不已，包括生命的短暂、认识的局限、战争与疾病、处于变化中的生活状态以及健康等，世世代代循环往复、缓慢前行。

我们如何面对突如其来的风雨？我们的感觉发生了哪些变化？在生物茁壮生长的盛夏，我们的身体是否也在悄然行动，迎合自然神秘的暗示？我们为何更倾心于某种声音、某种体态或某个环境，激发和被激发之间存在着哪些奇异的关联？

专家或者博士解释或许要用掉上万个词汇，现实中也许只需简单几个字：喜欢或者愿意。这不是医学要解决的问题，医学在这些问题上无能为力。医学在解决人体更精密的地方发挥着作用，当然，在解决问题的同时也制造着事端，甚至反映着基本的人性。

十七世纪下半叶荷兰医生为了赞助荷兰的贸易，把茶叶当作万能药。可见，贸易和医药联姻非当代发明，只不过当代医生拓展了茶叶以外更广阔的空间。时代在进步，人类关乎健康的发明不胜其数，除了药物还有医疗、医保、医药等各种制度，保险公司的各类创新以及各类资本的暗中助力，使关乎生命的健康大事有了某种损害健康的端倪，生命珍重无价却也无力和自然抗衡，不过作为一种商业机制存在，为资金找到出路倒是当下比较现实的选择。

于是我们看到了只有当下才有的故事，就像十七世纪下半叶荷兰医生关于茶叶的处方，投资也可以成为某个时期的万能药，至于是否万能全凭感觉。江湖上相信的人多了，就是万能的，至于有多少好处，极尽想象。既然我们无法讲清楚喜欢或者愿意，又何必怀疑人们趋之若鹜呢？

零售就是零售，没有什么新和旧

经得起忽悠，坦然面对吹牛皮的人，本身既是一种修养，也需要某种程度的定力。

零售就是零售，没有什么新和旧。几千年来，从小商小贩到路边小店以及大型超级市场，现代商业定义的零售业不断自我升级、自我更新，提供安全便利、种类多样的衣食住行用品，越来越便利、越来越多样。

电商以其比较迅速的方式出现并崛起，有它成长的土壤。求新求异的本能、原有大部分零售店铺太差、互联网的发展以及其低廉的价格，或者使用者众等让电商以新业态的形式出现，冠之以新宣传大于实际，使用电子设备购买的牙膏属性未变，仅仅是购买途径不同。冷静思考，电商充其量仅仅是零售的一种业态，只不过当下使用者众。

从商业存在来看，各种零售业态都有存在的基础，背后是存在各种偏好的人，不是谁取代谁，而是谁比谁更适合谁。只要人还是四肢顶着头离不开吃喝拉撒睡的物种，各种零售业态还是在提升品质上下功夫，让自身存在更长久些为好。

提升品质需要时间，消费转型升级也需要时间，在这个时间范围内，要有布局的考虑，也要有适应不同人群不同诉求的考虑，消费者的消费是全方位的，电商很多事干不了或者干不好，它不是万能的，最好也不要万能，还是给其他形态留下空间好，绘画还要有留白呢，做生意怎好一枝独秀。

时事轮转，城市太过聚集就会疏散，分散居住有利于健康但不利于电商，这是电商未来最大的成本，也考验着其的存在长度。从现实看，实体店的存在没有那么悲观，消费升级、体验和交流都是存在的基础，那些踏踏实实做实体店的人，一要经得起忽悠，二要自我升级，一定会迎来新的春天。

丝绸之路，华美而又寓意绵长

丝绸之路，这个华美而又寓意绵长的名字，在当代社会激发的联想，如春天蓬勃的生机无限延伸。丝绸之路是交流互鉴的文明之路、畅达宽阔的商旅之路，承载着世界革故鼎新、复兴融合的大梦。

"往来不穷谓之通""推而行之谓之通"，通达四海的丝绸之路，使茶叶、瓷器、丝绸、文学、艺术、哲学等深入东西方民众日常生活，变幻出茶的千百种味道，变化出文学的千百种形式，诞生出千百种宗教。在独立和融合的碰撞中诞生出千百种形态，丰富着人类的生存与认识。

在我的浏览中，关于丝绸之路的文字记载充满着迷人的味道，不仅从古至今大量的异域风情令人遐想，隐匿其中诸多对世界各种看法的文字更是生趣盎然。

当代社会交通便捷，几乎可以做到梦想到哪里就可以游走到哪里。当然，当代丝绸之路不仅是诗人之旅，也是思想者之旅、建设者之旅，同时也为那些既眷恋家乡又心怀世界的人提供了无限可能，比如不用走出家门，就可以买到华丽的波斯地毯以及阿富汗的青金石和松子等。丝绸之路，对于各国民众而言，是丰富生活、改变生活的繁荣幸福之路。

大数据成为当代人的新宠

在大数据时代，首先受益的是大数据岗位，有了这个岗位，某些人就可以免受和土地厮混的劳役之苦，靠坐在电脑前画图，给各类图表再加上几个似是而非的结论混饭吃，即使这些结论和现实相差十万八千里，通过某些煞有介事的论坛以及发布会，一旦被听风就是雨的媒体引用，就像流感一般传播，为难我们这个时代原本稀缺的医生。

大数据无所不包成为当代人的新宠，动辄拿大数据说事。需要警觉的是，大数据和存在这个世界上的任何事情一样，没有绝对的好。在社会生活中，数据是人类行为的反映，而人类的生活行为是演变动态的，在对待关乎风俗习性这类生活问题上，要特别警觉某些专家的误导，特别是那些毫无社会经验满脑子教条的专家学者。

从古至今，人类生活的千百种姿态确实离不开房子，但没有哪个时代如此匪夷所思地迷恋房子；从古至今，婚姻以及娱乐都是人类生活离不开的一部分，但是这个时代创造的离婚率和娱乐确实令人侧目，大数据成为误判的帮凶，这类数据越多越详尽，就越引发不安。

数据反映着现实，而现实又汇聚着数据。当人类生活变成数据的时候，情感仿佛被蒸发，变成条形图或者曲线图等，清晰漂亮却失去了魂魄。作为生活中的人，真的需要几斤几两精准的大数据吗？人类的行为被精美的表格分门别类，除非是商人用于牟利，其他的还是回归常态好。可是时代一旦染上了大数据病，回到以往也许是难了，祝大数据给人类生活带来福祉而不是灾难。

各种各样的大数据

从单个消费者这样比较微观的角度看，大数据繁杂无边。这个结论来源于电脑连续不断推送扫地机器人。

之前购买过一个扫地机器人，这个机器人也确实尽心尽力地扫地吸附尘埃，但是这种东西至少需要几年才会更新换代吧，对于已有东西的替代如此急切，几乎就像当代急于上位的某类人或者某类事，急迫地表达自己，却忘了接受者的决定并非轻易。经年累月积累的感情不允许这么做，经年累月积累的习惯也不可能随便改变。

大数据对消费者缺乏深入了解。浏览花椒，可能仅仅是出于某次餐饮所需，浏览兵器也不见得就是一个黩武者，偶尔的一时兴起或者某个时段的好奇说明不了什么。大千世界的千百种形态并非都有商业价值，没完没了地推送以致太过殷勤，给人的不是关注而是烦恼，即使谈情说爱还是分开一段时间好，仅凭一点蛛丝马迹便穷追不舍，最后的结果很可能因厌倦而远离。

这个时代很容易被各种似是而非的概念牵引，看似道理颇深，实则有害无益，或者存在的某些益处由于使用过度而被破坏了。大数据在某些规模化的管理中或许很重要，对于单个的商业行为却不见得有效，特别是涉及个人的消费行为，涉及具体的消费人们总会看看周边，体验比较一番，即使最粗犷的消费者也不会对自己的日用品掉以轻心，何况各种言过其实的宣传太过夸张，早已让消费者警觉。

休息日本想研究一下马铃薯的几种吃法，但想想电脑被推送的后果，还是找厨师当面聊聊吧，听听师傅对厨艺的生动描述，顺便晚餐，同时也免去大数据不胜其烦的推送。

做实体要关注零售业，搞投资更要关注零售业

在未来三十年将发生的诸多变化中，其中之一是零售业前景广阔。对房子倾情无限的一代人，逐渐发现由砖瓦灰沙石堆砌起来的空间严重消耗着精力，并不能给人注入即时的能量和活力，某些时刻甚至不如一碗热汤面，令人周身发热蒸腾。民以食为天以及食不厌精等古训逐渐回归被各种讯息霸占的头脑。做实体要关注零售业，搞投资更要关注零售业。

对于深陷投资不想自拔的各类投资者，需要梳理一下繁杂的投资策略。大道至简，简化一切消耗时间和精力的图表分析和各种不靠谱的预测，远离不了解以及一知半解的伪创新，人类尽管梦想无限每天还是离不开吃喝拉撒睡，重复再重复无人能免，吃了又吃，说了又说，高尚和低俗某些时刻都离不开一碗粥。无论互联网和各类平台多么受宠，也没有改变每个人亲自穿衣吃饭的现实，况且当代人的需求与时俱进，眼见为实，实体零售业态更符合人们的消费习惯，况且这是本源，不过是这几年互联网插足转移了人们的视线。

简单的东西不见得容易，零售业转型面临的大问题是将耳熟能详的问题做到供需有度，汇聚足够恒久的人气并且保持盈利。所有涉及盈利的问题都不温馨迷人，却可以让人变得理智有序。灵活的数据应用以及人性化的供给和服务背后，繁杂持续的物流都是必不可少的。如果人们接受科学家的缜密与坚持，也一定要对持续做零售的商人给予足够的尊重。冷静与坚持以及经久不衰的热情，对于任何行当都必不可少。

对零售的理解也许就是对生活的理解，做了那么多事不也就是为了填饱肚子吗？零售以及相关的投资研究到一日三餐吃

饭睡觉的这个水平，应该算是一种到位，太多无益。到超市购物会发现已经发生了很大变化。

化妆品，美化和装饰从来没有停止过

化妆术与化妆品。

对自身形象的追逐由来已久。从流传下来的各种史料中可以发现，美化外貌以及层出不穷的装饰品是各个时代日常生活的一部分，虽然时代风尚在不停地变化，但美化和装饰从来没有停止过。

当代人很幸运，可以通过名目繁多的化妆品美化容貌，甚至可以动手术做牵引，把容貌变得尽量使自己满意，至于是否伤害了父母的原创或者在情感上怠慢父母，变得不那么重要了。

无论实体店还是网络，化妆品组成了很大的门类。从改变肤色的各种霜剂到涂染头发的各种试剂令人眼花缭乱，在追求各种虚饰的手段上，没有哪个行当如此不厌其烦。经济学家可能无暇顾及这个行当，或者这个行当凌乱而深奥。依我看，讲得清宏观走势的经济学家，不见得搞得懂繁复的化妆品及化妆术，尽管化妆品也占据着经济发展的一个门类。那些持悲观论调的经济学家，在休息日看看化妆品及其购买人流，说不定会改变自己的经济预期。

理想的容貌和理想的头发颜色也许是存在的，但人们对容貌和颜色的不确定性追求，使这个行业永远处于变动中。

涂抹各种部位的霜膏名目繁多，仅仅是眼睛周边所做美化的液体就不计其数，针对眼睑、眼角、眼袋以及眼皮的膏剂精美小巧。据说化妆品对皮肤有害，如果贴上环保绿色的标签呢？这个时代，无法阻挡的事情很多，包括无法阻挡女人把她们的脸涂抹成各种不自然的颜色。

是男人的鼓励？还是女人的自觉自愿？也许还有另外的原因：追求美的天性以及对美的理解千差万别，如此，形成着时代特色。

创新与模仿

创新，弥漫在时代的每一个角落，彰显着社会转型的需要，也表达着众生对变化的渴望。但是创新是如此之难，从人类渺小的自身看，我们进化千百万年还是这个样子，四肢支撑着头脑行走思考，做梦圆梦。尽管雄心万丈却经不起微小病痛的折磨。在创新这个问题上思虑太多，可能诱发创新忧郁症。换个角度，对待创新完全可以采取豁达的态度，商人的做法值得借鉴。

经世致用，商人最理智。

某个化妆品大王曾经言之凿凿地表达：抄袭别人所有的好东西。美国著名银行家摩根也说过：所有的规矩就是没规矩。银行家大多比较低调谦虚，至少在表现上基本是这个态度，谦虚谨慎仿佛做着世界上最不起眼的买卖。这样的态度既是自我保护也是行业使然。银行的产品很容易模仿，产品具有同质性且无专利，只有依靠持续不断的服务寻求差异，最后在服务上胜出。银行作为服务业，部分是产品特性使然。论述服务涉及太多的人性，简单概括难，谈谈模仿的好处要容易得多。

模仿是对付竞争对手最好的武器，在别人成功的基础上亦步亦趋似乎不太体面，生意经以利益衡量其他可略。创新难模仿易主要基于以下特点：所有的创新都是思想的物化，真正的创新需要一流的头脑和思想。但是任何时代一流的人物基本都很稀缺，天赋永远是第一位的，无论后天怎样尽力苦学、培训基本枉然。

模仿可以弥补这个缺憾。甘于二，不争一，通过模仿创新务实是个不错的选择。商业上到处可见成功的模仿，从实际的角度看，模仿永远不会犯错，只要竞争者推出一个成功的产品，模仿者在模仿的基础上改进做得更好，甚至把一流产品葬送，也不是不可能。

当代社会，也许以前社会也存在，模仿任何人、抄袭任何东西的情况比比皆是，并且安然存在着，说来我们人类自身的大部分生活也在模仿和借鉴中度过。模仿带来的变化让普罗大众可以花费很少得到较多，也是一种进步吧。现实残酷了些，但是残酷的现实依然是现实，还是接受了吧。

在交流互鉴中融会贯通

了解时代精神，要看这个时代精力充沛的人物想了什么，又做了什么。

遗憾的是，这个时代的人物如此众多，还是先说说文化吧。

是的，还是先说说文化吧。在纷繁复杂的时代，也许只能谈谈文化。我们不能见面就谈贸易，不论我们多么直率；也不能谈领土争端，虽然土地及其拥有从来是大事，无论国家还是小家，谈与不谈不会影响土地的地位；当然谈谈经济和金融可能比较时尚，但是任何时尚都是昙花一现的东西，放在历史的长河中，很可能成为后人的笑柄；当然也不能上来就谈吃喝，虽然我们很想在饭桌上吃吃喝喝，畅谈尽兴。

我们还是遵从千年传承，从礼仪开始，从或庄重或随意的交谈开始，逐渐熟悉，在交流互鉴中融会贯通，开始我们想要开始的一切。中英两个大国的交往，不仅代表着时代精神，更可能是这个时代最具代表性的开篇之举。

不要被美媒的见识误导。在交流互鉴这件事上，只有文化底子厚实的国家才能开风气之先，美国经济强大文化并不见得深厚，至少发表言论的政客们见识存在偏差。大英帝国曾经的强盛（目前也是世界第五大经济体）对如何和另一个大国相处自有其见识，美媒所称"不顾尊严地轰炸式示爱"，无论从表述上还是态度上，略显粗俗，略显粗俗了！

从容自如、谦恭有节地表示友好，以及对未来的新期待，再加上通俗易懂的"黄金十年"，给这个时代的人们带来光明。谁都知道，世界上只有黄金永远是金灿灿的，不管喜欢还是不喜欢，都一如既往地散发着光芒，在任何时代。

世俗的生活有什么不好吗

我们被天真问题包围的时刻，是离梦想最近的时刻，也是幸福即将来临的时刻，如果我们的梦想超脱了世俗的生活。

超脱？世俗的生活？

我们无时无刻不被世俗的生活包围，甚至甘心情愿深陷其中。我们懂得了什么，尽管我们一直走在发现探索的道路上，却忽略着随风而逝的岁月、滴答作响的时间。我们抓住每天的庸常不放，制造着一个又一个误己误人的事端，乐此不疲，并且美之名曰：工作。我们懂得了什么？我们懂得不多，或者无须懂得，只需经历。

一个理想主义者的追求昼夜不息；一个浪漫主义者在夜晚寻找玫瑰的芳香；一个现实主义者呢？现实主义者即使在梦中也惦记着房子、钱财之类，即使已经安居乐业且钱囊饱满。世俗的生活有什么不好吗？我看很好，切实地追求以及人生百态，唯现实充盈汇聚给人以真切的感受，何必超脱，又能超脱到哪里？

一个真正的诗人读至此，笑了！

遗忘是美德

术业有专攻，爱好不能太多样。

打电话，修改文章与看电视。同时做三件事，要么三件事都不重要，要么敷衍塞责，要么心不在焉，反正是不怎么认真，仅记住了一些梗概：

第一，修改文章很费神。很多文章都是几易其稿的，毕竟我们不是世间的大才子，或者连中等才子都算不上，只能靠勤奋修炼，把文章涂抹出几分才气，让自己看得过去，让别人不那么轻侮。勤能补拙，此时派上用场而已。

第二，那个电视传记人物的感情执着而美好。爱一个人，心像被针扎了一样，很形象。其实手指被扎一下，也是很痛的，心被扎可能更痛，刺痛，无以言表的痛。痛并幸福着，其实这是大多数人的期盼，只是幸运的针没有扎到自己心里罢了。

第三，一个比较漫长的电话。涉及一张比较大的蓝图或者说大饼，很美好，如何实施还是个问题。某些时候我们必须具备宽容之心，对那些每天描绘蓝图的人网开一面，虽然这些人除了展望还是展望，对于如何实施，根本不在他们的视野之内。也许是这样的，画图的是一拨人，搜集材料的是一拨人，把蓝图变成现实的是另外一拨人。术业有专攻嘛，该原谅就原谅，不要含糊。

还有其他，还是遗忘吧，遗忘是美德，特别是临近深夜的时候!

三座门

三座门即三座随墙门的简称。

只闻其名，不见其门。也许气息犹在吧，能够引起遐思和闲情的地方，陈留着存在的气息。

皇家建筑随墙门多设门楼，装饰精美，富丽华贵，彰显宫殿的恢宏气势。曾经存在的门及门匾已随风而逝，曾经存在的记忆也已封存，但是留给人们的却更多了，多到无数人寻寻觅觅，流连幻想，直至把物变成了精神。

北京的春天带给人们的想象无尽无边，尽管拥堵抱怨，人们还是倾心尽力地出游寻访，或喧嚣或沉寂，感受着季节的轮回以及生生不息，众声喧哗，发表着生的感受，种种感受！

翻了一页书，又翻了一页。

那些充满雄心或者希望改变命运的人们，来到首都，来到人间繁华与梦想的集聚地，充分发挥着他们的想象力，如同充满雄心的俄罗斯人向往莫斯科，北京也是那些集雄心与城府于一身的男人们的理想之地。浪漫的巴黎人曾把巴黎之外称作外省，北京也曾根深蒂固、漫不经心地把其他省份称作"外地"。在信仰变得现实，倡导自由平等的时代，为了改变某种不平等或者追求不平等，人们热情高涨地来到北京，尽管北京的庞大已经达到令人吃惊的程度，人们还是不断涌入，纷纷涌入！

为了敲开一扇门还是打开一扇窗？在人生的台阶上不懈攀登，三座门，即使三十座也无法阻挡人们的进取！

贸易将使人类团结在一起

"贸易将使人类团结在一起，并带给那些敢于冒险涉足贸易的人以荣耀。"这句不算古老的认识，在当代社会亦有效。贸易不仅使人类团结在一起，并且让很多人有事可做，将世界各地的物品互通有无，丰富着当代人的生活，也提升着人们对世界的认识。

和平时期的冒险精神以及各种力量在何处释放？

让我们做点生意吧！从南非的钻石到澳大利亚的铁矿石，或者日本的烧烤到伊朗的卡巴巴，或者分布世界各地纷繁多样的物品，实物太过繁杂也可以引进思想，如咨询公司之类，把在异国文化背景下诞生的各种制度和管理方法变成金钱，要比引进实物简单许多，至少不用海陆空运输、通关之类繁琐的手续，只要若干张幻灯片或者成叠的文本即可，当然需要伴随着几个直立行走、语言了得的 Speaker。

贸易是公平的，贸易是在平等主体前提下的利益交换。虽然欺诈、欺骗也是存在的，但整体上从事贸易的人更公平正直。历史沧桑巨变，朝代更迭，贸易却常存不衰，只不过交换的物品斗转星移时有变化，但不变的更多，如围绕基本生活香料、布匹、食品等长盛不衰，背后的原因很简单：无论社会进化到什么程度，衣食住行的基本需求不会有太大的变化，而且也不会发生什么颠覆性的变化。

人作为直立行走的四肢动物，吃饭走路说话睡觉上的改变无论如何也谈不上剧变，少睡一天觉少吃一顿饭都会引起不适。当然印度魔鬼辣椒的辛辣味道很刺激是事实，伊朗烤肉可以从店商预订很方便也是事实。但不管怎样都需要人来亲口品味，至于从哪个渠道来到餐桌的，以便利为第一参考，当然还有安全和价格，人就是这样总是陷入既要、又要、还要的境地难以自拔，成就了某些初来乍到的生意人，以为是在做这个世界上最伟大的创新，或者披上创新的外衣捣乱秩序。

"贸易将使人类团结在一起，并带给那些敢于冒险涉足贸易的人以荣耀。"这句话用在当代需要时间再次检验。谁享有荣耀，谁受到鄙夷，需要时间检验。

贸易及其公平

理解贸易及其公平比较困难。贸易将世界各地的人联系在一起，在互通有无中彼此相识相知，但未必情感深厚。这个观点很伤感情，但不妨先确定这样的观点。

贸易，互通有无的基础是交换，归根结底是一种交换，附带明确利益的交换。当习惯成为自然，仿佛一切都可以交换，情感利益甚至道德，斤斤计较理所当然，但和伦理道德相悖。于是疑问、批判甚至冲突充斥世间，如当下，或者历史上任何时期，贸易太过发达人们难免会产生疑问，难道一切都可以交换?

凡事标个价，确实伤害感情，但是凡事无价，却也令人无所适从。无法标价的情感、片刻不能离开的空气、阴晴圆缺的时节等，需要投入无限的时间理解来领会，离不开却实在拥有着，就像我们自身的精神魂魄，我们不知道它们价值几何，它们却无时无刻统御着我们，无论深刻或者浅薄，都现实存在着，平衡着贸易衍生的弊端。

我们理解贸易公平，也许是在理解交易的公平，这样的客观存在，只要需要并且付得起，无论怎样的价格都是公平的，在满足的那一刻，无所谓价格、无所谓贸易，贸易为需求和欲望服务，需求和欲望在精神的庇荫下存在，以千百种形态存在，不计其数。

贸易开阔了人类的视野，让参与其中的人共荣共损，规则约定俗成，少了监督或者不需要监督，时间平衡着盈亏得失、推动发展。

"一切美德蕴于审慎之中"

斯密花费了大约十年修改完善他的《道德情操论》，但是其研究结果却并不乐观。

依托于什么建立正义仁爱的社会？政治家和立法者的何种德行才能保障正义和仁爱？对于这个比较复杂的问题，斯密比较看重"审慎"。

"一切美德蕴于审慎之中"，斯密如是说。

审慎及审慎的人是美好社会的可靠主体，此时斯密的社会关怀简直是一种浪漫主义情怀，至少也是社会主义者极力推崇的情怀，但是斯密最后却做出了另外的结论。

贸易事务类似于军事行动

贸易事务类似于军事行动。

贸易事务，从现实看，不需要繁文缛节。一项和赚钱牟利相关的行当如果陷入繁文缛节、被文本绑架，离成功就会越来越远。这类似于战场上的当机立断，某些时刻当断则断，来不得半点犹豫，就像战场不给士兵犹豫的机会，决断完全靠平时的经验和力量的累积。

从事贸易的人必须每天采取行动，并且是一连串相互衔接的行动，各种大小决定由不得反复思考，谈不上深思熟虑，主要靠直觉。现实中人们总是把制造各种器具物品的人称为工匠，其实一个成功的贸易商绝不逊于工匠，除了要具备工匠的专业、专注以及坚持外，还必须具备直觉和洞察力，好的贸易商不仅是商人还是出色的社会活动家，洞察社会发展脉络贸而易之，绝不是一件简单的事。

看似简单的事并不是人人可为，背后深藏玄机，这个玄机是天赋，从事贸易的天赋。人们比较容易接受艺术家、诗人或者某类工匠的天赋才情，却总是忽略贸易也需要天赋，甚至是更重要的天赋。当然我们不能把那些日常司空见惯的小事也纳入贸易的行列，即使从事一些小的贸易活动，如手串饰物之类，也不是随随便便就成功的。类似的事例还有很多，不逐一列举，思考上的举一反三有助于提高认识，也有利于在实践的层面郑重行事，避免草率。

贸易是一项实践活动，每一天的行动都类似于军事行动，作战能力决定着目标成败，有能力也要有耐心。

平衡，在不偏不倚中前行

中外文化在权衡利弊得失时，都讲究平衡。

平衡可能是对大自然的理解，抑或是对左右上下的怜惜。平衡，在不偏不倚中前行，即使风起云涌亦须身端步稳。发展的最高境界亦在于平衡，虽然平衡很难把控。

在美联储 6 月加息后，（我国）央行并没有同步加息。有两个方面的原因是货币政策自有主张的基础：一是美联储加息尽在预期之中，对于我国并未完全开放的资本账户，美联储加息对我国的影响并不显著；二是近期美国长端利率从 2.6% 下行至 2.1% 左右，中国长端利率则上行至 3.65% 左右，中美仍有 150 个基点左右的利差，处于历史高位，中美利差已经回到一个较为健康的水平，并不需要担心利差缩小引发资金外流加剧、汇率大幅贬值等"虹吸效应"，不存在货币政策转向的必要。

各种此起彼伏的新闻动态，为经济社会源源不断地输送信息、成本、价值，考验着参与者的判断力。是自我决断还是兼听而后行呢？下面这段话在平衡的把控上很有参考价值：

在经济结构调整过程中，货币政策总体应保持审慎稳健，协调好稳增长、调结构、抑泡沫、防风险等多目标之间的关系，既适度扩大总需求，防止经济短期过快下行，又不能过度放水，防止因货币供给过多产生加杠杆和资产泡沫风险。

当代版的平衡之道，放在任何地方都适合，只是生活在其中的人，不是左就是右，践行能力差，执行力有待提高，有待大大提高罢了。

理财之道在于和谐生活

理财之道在于和谐生活。偶然翻到 2007 年 11 月 11 日在北京展览馆金博会的演讲标题。十年之间，时间的河流催生着各种变化，但是原则未变：

第一，不能盲目。要考虑经济周期，要把握时机，不能只考虑涨、不考虑跌，防止被误导。

第二，安全性很重要。无论何时保持一定比例的储蓄和现金都是最重要的。

第三，理财是为了更好地生活，不能因为投资就忘记了具体的生活。理财之道在于和谐生活。

看了又看，恍若昨天！

论家政

如果明智的话，最好慎言家国政事。

国政、民政、家政都不是容易处理的问题，包括财政，而其中尤以家政最难。对于黎民百姓国政是当政者的事，老百姓参与或者不参与无碍大局；民政也基本是政府的事，做多做少考验的是政府理政方略和能力。家政则不同，每个人都有家，即使一个人也得有个安居之所，于是这或大或小的空间需要打理，并且经常不断、每天反复。

首先是秩序。家的秩序包括空间设计、物品的摆放，以及居住成员的长幼尊卑等，这些妨碍自由自在的规则秩序好像和家的属性背离，其实不然。井然有序是舒适的前提，人的感觉受环境影响，为了给自己舒适怡然的好感觉，家政秩序是首位。

其次是持家有度。持家有度意味着有取有舍。在物品极大丰富的时代，不拥有什么很重要，或者坦然面对"我没有"。比较现代的词汇叫作"简约"，严谨一点是在满足必需基础上的舍弃。做到简约最大的好处是留给自己的自由多，如果不是对把持家务有特别的嗜好，也没有打算雇佣几个家政服务者解决就业，最好做到简约。让时间和空间都有空闲，宽以待己，做到对自己真正的好。

最后是管理得法。管理是个颇费心智的工作，是和人性抗衡。家里的一切都需要管理来维持，比如衣食、比如整洁、比如节制等。而人们在自己的家里，通常状态是忘形无羁。我们东方人传承下来的好家具基本都是为正襟危坐设计的，好处是在没有监督、不需要面子的时候仍然修身修为，严于律己，缺点是远离舒适懒散，有几人能在独处时正襟危坐呢？

家政难为，做好难，也没有坏到哪儿去。热爱生活，从做好家政始。

论养生之道

养生之道有很多，各种观点都有道理，我都同意，只是做到难。

通常的观点要多到饮食有度，在食品极度丰富的时代，饮食有度几乎是残酷的自虐，可能也不利于促进社会消费。食品生产出来就是吃的，如果大家都很节制，制作那么多食品岂不是浪费？这个理由很容易理解，所以吃了这顿再说吧。

保持良好或者相对良好的身材很重要，在一个颜值非常受重视的时代，顺便也把身材的重要性提升到一个高度。有颜值没形体就是不和谐，而不和谐的颜值就不是颜值。这两点都关乎吃了什么以及吃多少。吃还是不吃呢？显然这不是在饭桌上考虑的问题。一个宽和大度的人是不计较一顿晚餐的，况且胖子通常人缘很好，乐观豁达，拥抱起来更温暖宜人。还是吃了再说吧。

养生和理财也有一些不太紧密的关系。吃饭是人生第一等大事，吃饱喝足才有精力做任何事，但是在吃饭问题上花费太多金钱显然不利于财富的日积月累，用金钱控制饮食似乎是个办法，但这个办法简直是和生命作对，亦和养生相悖，在饭桌上谈理财一定是头脑出现了问题。

养生很重要，忘掉养生更重要！

论阅读

论述不是我所长。在我漫不经心的阅读岁月中，总是那几本书占据着显要位置，从书房到厨房，走到哪儿带到哪儿，虽然有时一周也翻看不了几页，还是如影随形地带在身边，就像多年的情人，时间越久感情越浓，离不开放不下。

时间总是有限的，生活在日常环境中的人对书籍的需要既出于本能也是情势使然。对于生的认识是没有止境的，除了生活中的鸡毛蒜皮、家长里短，我们还需要了解一些超脱于庸常的伟大时刻以及伟大见解，那些古今中外传世的伟大作品可以满足这个愿望，甚至让我们的愿望成真，就像林荫大道通往圣殿，伟大的作品引领着平凡的思想进入新境界，瞬间通体开阔，忘掉那个时常忧思伤神的自我。

阅读不仅要有所选择，而且要自制有恒。世间扰乱心智的书可谓多矣，特别是那些喧嚣一时、肤浅流行的畅销品，所有被广告推广的书都有误人子弟的嫌疑，各种夸张的标新立异以及耸人听闻，无非是吸引幼稚读者的注意力，牟利赚钱，并且把人引向低级趣味。社会上低级趣味的人多了，各种混乱作品的市场就大了，人的本性之一就是人云亦云、懒得思考。从这个意义上讲，各种无良作品深谙人性，却不懂得提升，所以未经筛选的书籍最好放弃，某些书不读也罢，如同某些人不见更好，把时间用在和朋友把酒言欢，享受世俗的乐趣，岂不更好！

求新求异是阅读的大忌。随便翻看汗牛充栋般的书籍，不仅观点雷同，即使遣词造句也基本重复，每个世纪如果出现几个天才和伟人就是非常了不得的事了，那些小说家或者文学作品基本都在重复表达着生而为人的种种感受，只是随着时代变迁，人们的认识和处理方式不同，低水平的重复是常态，偶尔突破是特例，举一反三是不必花费太多时间的。越是披着创新的外衣越要警觉，毕竟人类经过数千年的进化也基本还是这个形状。既然对人的认识不能以服装计，对书的选择也就不能唯新论了。情人旧的好，因为有情感积淀；书籍经典的好，因为有时间检验。

当然，对于伟大书籍的观点既要顺从、敬仰，也要有与时俱进的批判观点，等等。

论反复阅读

反复阅读一本书，如同世交老友，伴随着时间的日积月累，理解加深，成为彼此精神世界的一部分，类似于民间的俗语，一起混日子的交情，绵长深厚。

反复阅读一部好作品，也和我们阅读之初涉世未深，对这个世界理解浅薄有关。好作品是作者精神活动的精华，思想和认识远远超出庸常之辈，本身也需要时间逐渐领悟。一般平庸的文字作品往往用趣味和有益性吸引读者，殊不知往往是有趣和有益性降低了作品的价值。思想的优异之处不在于追求有趣，而在于身处繁杂的人世心怀悲悯，不但同情好人也同情坏人，或者避开这样的划分，让读者不忍放下，随着阅读逐渐进入另一个境界，甚至不依靠众生喧哗寻求快乐，而是通过反复阅读，在精神上达到自足。

古人的名著可以达到这个效果。世代流传下来的古人著作，眼光之深远，语言之简练，洞察之豁达无不验证着古人的真知灼见，百看不厌，百读不倦，直到成为精神世界的一部分。身体上我们依赖食物，精神上我们依赖读书。好食物对身体有益，需每天进食；好书籍对精神有益，需反复阅读。反反复复，历久弥新，阅读也遵从这个简单的道理。

论演讲

大多数演讲词都是在书斋里写就的，在拿出来说之前可以反复润色，无论是东拼西凑还是灵感突发，如果时间充裕，写一篇漂亮的演讲词不是难事，难的是有新思想、新见解，令人耳目一新。而这样的要求无论放在哪个时代都是比较困难的事，虽然科技日新月异，人的思想进步缓慢，凡是涉及精神思想以及价值观之类的事，很难突破，从古人那里寻找新感觉，也可以算作一种见识、一种创新。

可是古人也和我们一样，并非时刻灵感有加。傍晚翻书看到一个记述很有趣。在文艺复兴时期的意大利，很多流传下来的演讲词不都是打算真正发表的，正像书信可以作为练习、作为范文，乃至作为争论的工具，可以写给世界上一切假想的人和地方一样，同样也有为假想的场合写出来的演讲词，放在开幕式或者招待会上使用。

演讲或者说话，在某些时代代表着身份或者威权，听众的水平也决定着演讲者的形式和内容，这应该是一个互相促进的过程。特别是听到既有陈词滥调又不乏激昂热情的演说时，瞬间对精神的刺激相当于上半年的理论课，毕竟活的思想不是教出来的。看看演讲词，或者起草宴会致辞，也许会为晚餐增添几分精神的愉悦。

论名人

我们这个时代盛产名人，由于名人太多，深居简出不利于保持名望，于是名人们出现在各种场合：在论坛会议上演讲、在电视手机上露面、在报纸杂志上撰写文章以及接受访谈或者干脆做个广告强迫收看等。市场主义的盛行，名望不仅是生产力而且是强有力的生产力，名望可以变成地位、金钱，甚至变成思想的强权以及虚荣满足等。

但是，正如金融房地产杠杆太高，容易引发泡沫，名望太高也容易导致名不副实，成为真正的虚名。喧嚣的城市为人们见到各种名人提供了众多机会，酒店、停车场及卫生间等。但和名人的私人交往却不见得很愉快，或者比较令人失望，某些名人和他们的名望一样，缺点一样突出，让人联想大多数人之所以没变成名人，也许是缺点不够突出。对人不能求全责备，宽容是美德。名人也需要吃喝拉撒睡，小节不备大道如何畅行？名人？是名望腐化了心智，还是心智本就局促？

看来，一个时代不必拥有太多的名人。品格高尚、默默无闻和是否出名没有必然的联系，做一个纯朴、和谐、怡然的普通人，社会更安适和谐。

解释是一种满足

解释是一种满足，一吐为快说明人的内心不需要太多的储藏，所有的储藏都是为了消耗，否则不要留那些东西。从婴儿到耄耋之年，人们在说话中度日，表达生的各种观点，甚至为一言不合剑拔弩张，当然也偶尔沉醉在迷人的甜言蜜语中，快意无限。生命需要表达，一定要说出来。

太多了，还是太多了。

尽管说了又说，某些人终其一生也说不出几句像样的话，每天都在表达却不见新意，甚至语气都不会变一变，希望被倾听和理解的愿望却与日俱增，这是需求，是很多人老年来临时的需求，极其刚性。各种养老服务中心关于照料和精神慰藉，陪护聊天已经是一项服务内容。在所有接触的一知半解的事务中，解释及其交流的作用理解容易、践行难。老年是本回忆录，记载的内容重复太多，青年人正准备抒写他们自己的日记，虽然生命整体上是重复的，但别人的经历并不是自己的经历，他们需要自己的实践。

所有的问题都是人的问题，即使养老政策及其制度解决了所有问题，也无法解决关于生的认识问题。当下人们比较重视财富和房产的积累，精神的和情感的似乎尚有缺失。谁会愿意和周身挂满珠宝的人谈论土豆丝的三种炒法呢？谁会和抱怨不休的人谈论养护呢？还是看看文学和宗教，还是看看前人曾经存在的样子，学而不倦，自我进化或者退场，心安理得。

记录厌倦症

记录时代是困难的事。时事繁杂，人情多变，人的生存和生活状态既静止又变化，如春天傍晚的天空，在悄无声息中改变着颜色。金融街的楼宇在风和云朵的映衬下，看似稳定，二环路缓慢流动的车辆渺小飘忽，给人以脆弱之感。我要记录什么？这是个疑问。

记录时间？时间是无法保留的，我们只是多情地渴望时间记住我们。

记录事件？每一个或惊悚或平庸的事件总会发生以及过去，只是我们身在其中看不清它的真面目，仿佛亲历发生的一切都是留给旁观者或者后人的纪念，启发不在现场的那些人的想象力，效法或者评判。

记录情感？我们的情感珍贵也庸常，情感的珍贵取决于珍视它的人，而庸常是我们还没有学会欣赏或者一切太匆匆，尚未来得及。

在所有宏大叙事和论证严密的文章背后，隐藏着无数章法全无、盲从含糊的段落，犹如个体生命的存在，无序却也坚忍，徘徊在人为设定的对错之间。金融街及其泛金融街区域很好地表现了某些特色，奢华与粗陋不过百米，如同客厅与卫生间之间的距离，我的意思是卫生间即使如金至尊的金马桶，也是漏测之地。所有的记录离不开对比，这是我的偏见。

偏见是厌倦的理由吗？人类生活是可以预见的吗？节食可以保持苗条的身材吗？深爱我的人在意我抽烟吗？疑问可以驱散厌倦，厌倦是对熟悉的反抗吧？我看是。

投资病

投资是一种行业，不是病，如果卷入的人太多就会变成病，时代流行病。

投资是少数人的事。投资是和时间的较量，风险的搏杀。投资风险是个非常不确定的事。尽管投资专家们发明了无数的工具，还是无法确定未来，于是让价格说话，并且起个比较有趣的名字，风险定价。投资的风险越大，收益越高，这个收益就是风险定价。买还是不买呢？看你的风险承受能力，如果亏不起，还是不要投资好！

投资需要耐心等待。一个人可以耐心无限地等待预期中的收益，抛开风险不谈，耐心也是有限度的，这个限度是生命的限度。30 岁的张狂只有在 30 岁更适宜，用不完的力气以及浑身弥漫的荷尔蒙，赢得起也输得起。金钱基本买不到 30 岁的感觉，有钱先花掉更理智，至少这个阶段的兴趣和要做的事很多，不能时过境迁空哀叹，有钱也枉然。

投资扰乱心智。人终究是受情感支配的动物，翻遍史书，即使最理智的哲学家，也没有逃脱鸡毛蒜皮小事的负累。通常情况下，写在书上的和实际存在的总是有着不小的距离。关于投资的若干铁律只有少数人能做到，既然做裁缝能够养家糊口过着体面的生活，磨眼镜更受人尊敬，何必踏进投资的沼泽地。看看当下所谓的投资者经历的血雨腥风，还是不投资更放松。

信息繁多、煞有介事，从国际到国内，从当下到未来，仿佛投资是世界上最有意义的事。事实上，对大多数人来说安分守己最重要，心怀圣念比什么都好。在社会普遍富裕之后，某些东西没有比有更安全，特别是投资。这个世界上的很多事没有渲染得那么重要，特别是投资、特别是对于芸芸众生。

关于投资的话题最好适可而止，对于投资的收益最好适当。和适可和适当比起来，缄口不语最好！

宏观分析综合征

全球化为宏观分析提供了舞台，宏观分析言必称全球视野。眼光远大，视野开阔无可非议，为做大事奠定了基础，关键是避免大而无当。在一个联系广泛的世界上，任何一个问题都要国际国内分析一番。

首先是美国，对美国的关注可能在我们潜意识里，美国仍然是强大的，否则不必凡事亦步亦趋地看着美国的一举一动。凡事都响应、追随就更不必了，美国的政策最先是为美国人服务，至于影响和延伸作用究竟有多大，各种力量交织要用时间衡量，有自己的主张很重要。

其次是欧洲各国。凡事对媒体稍加关注，国家之间各家有各家的难。狂飙突进的年代在历史上都很短暂，多数时候是矛盾成堆、问题如山，解决一个问题带出三个新问题也算平常。如此，政府以及各个官僚机构的存在才显得必要。各个组织也基本是为解决问题存在的，当然，对于经济组织，主要解决的问题是盈利。分析来分析去，图表很漂亮，演讲很庸长，语调太平淡，给人的感觉经济形势真的步履蹒跚，需要新活力。现实也许活力无限，只不过某些有活力的人没有到场。

最后是结论很模糊。不给自己留下把柄确实是聪明的办法。时势比人强，人算不如天算，各种精密的模型代表不了未来，未来也从来不屑过去的是是非非，参考是可以的，照搬是愚蠢的。各种分析很周全，现实却由着性子发展，供人们不断总结规律，而规律自身却很不在意。

宏观分析综合征，时代使然，形成时代特色。

各种报告：空转的文字及其观点

看了两篇似曾相识的报告。撰写这样每篇不下 30 页的报告，需要花费多少时间，需要耗费多少青年人的精力。写字楼里不断诞生的各种报告维持着某些行业，脱离实际，只负责撰写文字以及贩卖观点。

从这些报告的字里行间我们看到电解铝的生产过程，螺纹钢的前世今生，重卡销量骤增的曲线图以及巨型集装箱运输要统治海运业，等等。而撰写报告的人可能根本没有见过电解铝，也不知道重卡的高大非常人所能驾驭。即使当下名望热度有加的螺纹钢也没有几个写手能够辨识。当身体强健的工人们挥汗如雨的时刻，空调间里不识实物的男男女女正撰写着长篇累牍的报告。

言之凿凿的报告如同当下金融监管当局对金融业正在整顿的脱实向虚，文字和观点空转、远离实际。从互联网发达开始算起，各种依托文字和图表生存的行业如火如荼，漂亮和不太漂亮的曲线图以及加重标题，似乎在为各种实体指引着方向。而那些从事具体作为的人却无暇表达，无论萧条还是繁盛都在那里坚守作为，迎接着行业周期的更迭，转型升级或者另谋他途，从一个具体事项到另一个具体事项，从不停歇。

当然，那些依靠描述和指引方向的文字生产者们也没有停歇，不断撰写着各种仿佛掌握真理的报告，长篇大论惊人，扰乱着人们的判断力。现实复杂也简单，永不停息的建设发展对资源的需求没有止境，只是有时多有时少而已。只要人口存在，各种各样的需求就永远存在。热衷于投资理财的各路人马只需调整好心态，即快速赚取利润以及赚取大利润的心思要调整。

调整到什么程度才算适当呢？记住生命的限度以及生活中的各种好或者自以为之的内容！

冗长的报告

阅读一份冗长的报告等于鼓励虚妄。世界上一切关乎生存和生活的事件都很简单，大道至简，生活和工作莫不如是。冗长和看似美丽的报告是社会高度发达的产物，社会普遍富裕之后，养得起汇集各种信息的码字高手，以及容得下不知何年何月才能实现的各种结论。

生活在时间中的人，什么都想要。遗憾的是意愿和能力总是存在十万八千里的距离。技术分析不能解决所有问题，或者根本解决不了充满不确定的现实问题。人的各种不可预测行为与时俱进，知道过去并不代表可以预测未来，放之四海皆准的理论遇到现实就灵活突变，谁让我们是不断进化却也退化衰败的动物呢！

被发展理论缠身的当代人，自我感觉良好，各种精英的华冠好像戴多少顶都不够，殊不知即使精力无双，时间的限度也约束着人的作为。啰啰唆唆的报告反映着撰写者的空虚和脱离实际，不如视而不见。

回归本源，缩减报告的长度，应该也算是进步，尽管这样的进步没什么值得炫耀的。我们不能阻止各类冗长的报告，这涉及撰写者的生计；同样也不能阻止各种虚妄的言论，据说那是表达自由。黄昏将至，想想这个城市的每个人都要进餐果腹，由它去吧。

简洁是美德

秋意渐凉，灯光清冷，草木安静肃穆。

感觉随季节转换，仿佛繁华散去留下静默，空旷轻松之感让人盼望温暖，一种感觉散去，另一种感觉升起，大自然再一次赐予人们新奇的体验，不仅是欢愉及痛，比欢愉和痛更真切的还有爱与惜，那是隐匿于内心深处的心灵之泉，给无数生灵带来幸福，让世界变得博大，给自己带来和谐，身与心的和谐。

读了一篇报告，记下两个备忘录。

报告足够长并不见得精彩，或者离精彩差远了。拖泥带水的长篇赘述，一句像样的话都没有却不厌其烦，不仅考验着读者的耐心，也暴露着作者的乏味。大家都知道批评人不好，既然批评这个词存在，批评的行为总会发生，只是不要常发生就好了。

删繁就简，简洁是美德。少而精胜过多而杂，简洁避免使人厌倦。所有简洁都会给人带来好感，生活中我们反对啰唆的人就是对简洁最重要的肯定，诸如此类还有：房间、空间、衣着、谈吐，以及一切处事方式等。当然，表现强大威仪等场面越繁复隆重越好，接待朋友客人不可太简洁，否则有轻侮怠慢之感。

关于转瞬即逝的思想

及时记下转瞬即逝的思想，犹如及时收割成熟的庄稼，不能等待。

我们不知道思想从何而来，不经意中的某时某刻，瞬间顿悟，思想变得澄澈异常，类似于佛家所言的顿悟，借助文字及时记录下来，即是最大的收获，日后看到自己曾经有过如此的真知灼见，即使从来没有在实践中应用过，也相当满意。美好的思想带来的快乐单纯也恒久，就像少年时的爱恋或者喜欢，伴随终生。但是，如果不及时记录下来，某些思想就再也回不来了。

写作、影像等成全着人们的期望。一直成全人们期望的是写作。虽然写作是比较孤独的营生，需要安静、需要独处，甚至有那么一点特立独行，但是沉溺于写作的人还是乐趣多多，写作避免和人无休止的接触，还避免了许多人际交往的是非芜杂。思想在安静状态或狂放或舒缓，都是属于一个人的河流，对于久居城市中的人是难得的休息。

写作的唯一前提是喜欢思考。对于生活在繁荣时代的人，有很多分散精力、消耗能量的活动，如评论世界层出不穷的各类事件、流行的暴走、广场舞或者各类赛事和游逛等，爱思考还是可以单独拉出来简单论述，各类事端的发生可能激发各种有价值的思想，记录下来引发共鸣，避免或者减少某些人类常犯的错误，是个不错的选择。

遗憾的是：作为一种认识记录下来是可取的，能否践行却是未知数，而且多半停留在文字上。

"一屋不扫治天下"仅仅是笑谈

"不谋万世者,不足谋一时;不谋全局者,不足谋一城。"智慧与否最根本的标准有两条:一是能够维护整体利益,而不是以局部伤害整体;二是有长远眼光,定力恒久。

执政党的远见卓识成就了中国当代社会,也成就了无数人的幸福生活。某些被批判态度浸染太久的学者,充分享受着发展带来的各种福祉,却热血贲张地指东道西,将批判精神渗透到各个方面,只记住个人从乡村到殿堂的努力,忽略经济发展带来的社会整体进步,无论读了多少书,走过多少路,身体和思想还是停留在偏狭的小天地,头脑成为各种书籍的跑马场,还不如清洁工做着实实在在的工作,不忘本源。

换个角度看,把实物交给某些太过聪明的专家学者,只会出现一个结果,就是把事情搞乱。这个世界上说和做从来就是两回事,"一屋不扫治天下"仅仅是笑谈,更具体一点,小事不为、干活不弯腰的聪明人做成大事的概率几无可能。

"天下难事必作于易,天下大事必作于细。"这句话已经存在上千年,代代相传。认识局促可以理解,见识短浅不能原谅,人生盛年不为社会发展多做贡献,不遗余力地评头品足,指东道西,犹如农民的子弟不会种地,吃了父母的粮食还怪罪种地低微,还知道自己是谁吗?

对养老及其产业的三点认识

人，终有一老，必有一别。这个看似简单的事情在某些人眼里已经异常复杂。产业化已经渗透到各行各业，但养老变成产业人们还没有经验，这个产业可能永远也形成不了可资借鉴的经验。在这个令人悲伤并几乎无解的问题面前，如果非得总结出一二三，以下三点可以凑合着作为见解：

首先，生老病死是大自然的常态，不独当代。当代人如此热衷于将养老产业化，也许是时代发展的惯性。生活在盛世，略有成就或者一无所成的一代人，温饱不愁，倒也没有积累到财富五车可任意挥霍的程度，芸芸众生贪生怕死是本性，长命无疆是世代不衰的期待，尽管众生在所有问题上都见仁见智、充满分歧，在追求生命的长度上却高度一致，由此养老产业化土壤丰厚，谁不希望在繁花锦簇的时光中驻足流连呢。

其次，时光如白驹过隙。尽管人类既喜欢思考也喜欢行动，为生存和生活从不停息，时间却不紧不慢有着自己的节奏，在不知不觉中少年白发，无论是忽略还是记住，都是这个过程，不多也不少。至于人老心不老也许是痛苦的折磨，折磨的不仅是自己还有心怀悲悯的亲情爱意。当然如果仍然把自己放在社会关系的中间，不停息地思考行动，不知老之将至，仍充满活力地存在，关于老或者不老可以忽略不计，只是做到这种状态的人极少。到了一定年龄，人总是不停地暗示自己老了，当代比较著名的女艺人很有代表性，和新一代人比高低的结果只是在广而告之：不服不行。

最后，坦然面对比什么都好。大数据把土地上所有的东西一统无遗，倒也并不见得都是好事。对于达到一定年龄的个体，遗忘是美德。那个神秘的主宰让人到了一定年龄忘掉一些事，是偏爱、是关照，更是慈悲。世俗社会关于加法减法过于精密的计算，到了某种年龄完全可以超然，仅仅是一个过程，有和无没有那么绝对，是和非也不是非此即彼。

阶段性和特殊情况下催生的人类情感在人生的某个阶段得到和解与释然，才是所得，才是所得吧！

科学成果也并非都是天使之子

想象力，人所拥有的最高级别的能力在冬天弥漫，会是怎样的景象？

空气遇到阻碍会是怎样的景象？迷人的疑问让冬天的傍晚更加清冷而诡秘，沉寂中涌动着莫名的兴奋。寒冷带来的冲击激发着被闲置的想象力，人们普遍关注今生今世的生活，不放过体验这个世界的任何机会，成就着时代的喧嚣与浮躁，也成就着时代的素裹浓妆，为时代留下特色。让生活更好些，让精神更丰富些，或者给时间填充更多的内容，进步与退化，衰落与兴盛，成就着当代特色。

想象力需要激发、需要合作，也需要斗争并且远离安适。斗争让想象力落地，斗争也如寒冷的冬天让人保持清醒，给激情穿戴铠甲增加保护。只有通过斗争，人们才能清楚真正所需以及究竟要达到什么目的，究竟能够达到什么目的。这几乎适用于关乎生存的所有问题。

我们不知道创新的未来是什么，特别是那些挑战人类生存的人工智能以及基因逻辑等，无限激发人们的想象力，如果一切是为了人类的福祉当然是好的，但凡事利弊参半，科学成果也并非都是天使之子，如果朝着人们期望的相反方向发展，也可能是灾难。在这个时期倡导文化以及文明，清洗满脑子的技术思想，可以部分缓解广泛蔓延的技术依赖症。当然，人们太过热衷于过日子，沉溺于生活的旁枝末节，阻碍各种想象力的发展，也不值得提倡。

历史上，聪明反被聪明误的事例可谓多矣，不必列举。想象力和科技可以被排除在外吗？恢宏的连续包涵万物，苍穹之下一览无余，没有例外。我们的想象力安放在何处，放纵还是收敛，挥霍还是节制？冬天的夜晚沉静肃穆，安详不语。

必须记住：凡事利弊参半

分析能力很强，解决问题很差，理论和实际脱节，是当下某些专家的通病。原因在于他们如任何时代蜷局于书斋的旁观者，没有亲历伟大的社会实践，仅仅用一知半解、道听途说的消息理解着时代的变迁和社会的变革，在亲力亲为这一点上，专家逊于小店主。

困难催生办法，改革需要机缘。经济的繁荣离不开创新更离不开各种困难和阻力，或者也离不开人们千奇百怪的思想和行为。跋山涉水为了心中的爱人以及跋山涉水为了一碗珍馐美味都是人类的需求。贸易码头封闭的集装箱承载着人类各种可以理解和尚需深入理解的需求和物品，它们陈列在人们的头脑中也陈列在各种房屋楼宇中，充实着人们的生活，物质的和精神的，也激发着人们的爱与欲望，多些，再多些，了无穷尽。

发端于需求的各种经济现象极端复杂，不是三言两语可以厘清，虽然我们总是希望用简洁的语言把事情很快说清楚。广泛的联系以及不断衍生的各种关系给现代经济生活罩上了多层外衣，就像一个人的四季不断变化着属于季节的衣衫，既遮风避雨又美观耐用，既变换多样又功能不改，如此的诉求不仅难为着裁缝，也难为着分工不同的社会治理工作者。

很难有万全之策，所以人们必须时刻记住，凡事利弊参半，以及凡事利弊参半认识前提下的包容和耐心，这是否应该成为这个时代人类普遍要具备的品质之一？我看，即使出于私利私心也必须有此品质。

分析能力很强，是因为见多识广；解决问题的能力很差是因为实践充满变化，随机应变以及不变与万变均因时因地制宜。如何提高解决问题的能力呢？循序渐进逐步提高，没有什么速成的办法。

在拥有与被拥有的关系中挣扎

在对财产所有权的粗略观察中，一个问题不能避而不谈，就是关于拥有本身，正像这个时代一首流行歌曲的歌词所言：你拥有我，我拥有你。这个原本特指男女情爱的歌词，可能代表着更广泛的意义，包括财产及其财产所有权，也包括人与自然。

深陷繁琐工作和被具体生活缠绕的人，没有精力连篇累牍地发表长篇大论，更没有精力研究制造一些看不懂的模型或者图表，几句话就能解决的问题何必绕那么大的弯子？除非是为了谋生，或者带来不菲的经济效益。学问及其学识存在于常理之中。

财产的特性在于被拥有，但是财产也有驱使拥有者的特性，如财产的保值增值以及防控风险等。究竟拥有多少财产是合适的度呢？人们通常认为多多益善，几乎没有度，这比较符合普遍的人性，但是不太符合人们的需求及其能力。

以生命的限度应对无尽的财产，几乎是不能完成的任务，但是这个过程太迷人了，结果又是那么充满诱惑，没有几个人能够"执迷有悟"。于是，这个世界无数的聪明人把他们的精力消耗在豺狼般的金钱、利息以及被人操纵的资本市场里。

自然与人，同样在拥有与被拥有的关系中挣扎，充满了拥有与遗弃。

人们挖掘各种矿山湖水，打破着一个又一个平静。凡是美的地方都要留下足迹，留下妄自尊大的践踏者的痕迹，也在无意中践踏着自然的安详与宁静。美丽的石头在大山中沉睡与打磨后戴在手上有何区别？仅仅为了满足虚荣、炫耀以及衬托终有一别的生命？如果把美丽的石头作为财产，人及人的身体是否可以量化为钞票？拥有到什么程度依然是不得而解的疑问。

或者发展到什么程度，依然是不得而解的疑问。

主张太多等于没有主张

众生喧哗，世界进入多边时代，主张太多等于没有主张，谁也进入不了主张可实施的阶段，时间在探讨和寻求共识的喧哗或者沉默中度过。滴滴答答，时钟不紧不慢，人们在失去什么？

思想是为行动服务的，尽管思想仿佛闲暇的副产品，但是思想诞生的真正用意还是实践。把思想付诸行动，思想的力量迸发，可以变成火箭、炸弹或者任何武器，改变或者统驭世界。当然，思想变成金钱更好，金钱可以抽象地代表一切，甚至为情感效力，特别是在当下。当然，这样的认识一定会被列入流俗，如果我们不那么偏激，一切的高尚也许自流俗始。

令人失望的是：金钱不能通神，或者神并不怎么在乎金钱，比如金钱不能堵住人们的嘴，金钱不能阻止人们的喋喋不休，甚至金钱在助长众生喧哗。看看网络也许会明白一些：表达的欲望比追逐利益的欲望更强烈，或者同等强烈。

人们在民主的喧哗声中混迹太久，强权也许是不错的存在，俯首称是，顺从简单，甚至可以产生伟大的敬意或者信仰，平复喧嚣；而在集权的压制下存在太久，民主会成为最大的向往，任何表达都是人性中重要的快乐。

循环往复，人们需要的是变化，而不是一成不变和恒久如一，即使在对待社会制度方面，亦如是。但是不能否认人们又是如此不同：有的人喋喋不休，有的人沉默不语，就其两者的比例看，沉默总是少数，也许是重要的少数。

世界进入多边时代，比较棘手的现实是：坐在桌边的主角太多，为利益而来，在没有找到共同接受的平衡点之前，谁也阻挡不了，众生喧哗。

凡事莫贵于务实

清太宗皇太极，康熙的祖父在处于关外草创时代时，文官儒臣们把经史典籍、改革方案一股脑儿推出来，而皇太极始终坚持"凡事莫贵于务实"，立足现实，参酌运用。冷静的实用主义，为他的子孙们开创康雍乾盛世创造了条件，政务上的实用主义古今中外通用。

勤政苦行的雍正皇帝说："本朝龙兴，混一区宇，惟恃实行与武略耳。""实行"与"武略"，实行在武略之前，耐人寻味。实践与古训，在治理国家时，何者为先？在庸常事务中，前行与后退，过去与未来及其现实，争来辩去，凡事莫贵于务实，犹如真理，如果真理确实存在的话。

一支烟的工夫有多长？合上书、打开电视的时间有多久？二十年倏忽而过，旧书新意，真实的情况是二十年前的今天并未读书，做了什么，只有时间知道，而时间并不在意。

夙夜在公以及功成不必在我

夙夜在公，坐而待旦，勤奋履职，是境界；功成不必在我，也是境界，而且是大境界。对于世俗生活中的芸芸众生，这样的要求显然有点高，但是对于公职人员，也就是一般标准，代表国家执行行政事务，既需要勤奋又需要境界，"奉天承命"，既然把老百姓看作天，勤奋履职、不求功名在情理之中。

历史上，夙夜在公的人不计其数，雍正皇帝是杰出代表。雍正喜欢灯下批阅奏折，据传现存雍正朱批奏折4万余件，题本及朱批请安折、谢恩折数不胜数，绝对是夙夜在公的典范。当然，皇帝为自家做事，功成当然不必在我。不像当下各种机构、各种层级、各类代理人，极尽彰显之能事来宣传推广，要把夙夜在公这件事宣传出去，也要顺便提及功成显著在我，逐名逐利。

这也是可以理解的，位不高功也不大，中资禀赋高等追求，只好动用宣传推介的手段。对此，最好静下来，必须静下来，在安静中提高工作本领和工作能力。

成功，无非是另一个追求的开始。从更深远的意义上看，人生没有什么成功，只有阶段性的成果。对于在人生征程上跋涉的追寻者，成功也许意味着另一个梦想的开始，永远在行进中，功成不必在我！

打破"一亩三分地"

打破与重建，人们总要固守一些什么，尽管留不住、守不住，还是乐此不疲地占有、拥有，不知疲倦，仿佛永世恒生，令人心生怜悯，人们如此热爱着生！

人们，把大自然折腾得太疲劳了，整日脸色阴沉，显雾霾状。毁坏自然伤及自身，政府出来化解，除了洒水、停工、视察以及拆毁污染建筑搬迁之外，还有视察、座谈、讲话、制定计划等，该动用的基本都动用了，没有动用的还没有想出来。

"一亩三分地"带来的危害甚大。本位、封闭、固化、僵化等，画地为牢，只有点，没有面，一叶障目不见泰山，大局观简直是枉谈。最终的结果是，每个画地为牢的小单元都成为封闭固化的受害者。

人们生活在同一片天空下，空气、水、土地，这些承载着人类命运的存在被破坏，等同于人类的健康受到破坏。天下同此凉热，生命共同呼吸。奇异的循环，那个神秘的主宰，主宰着奇异的循环。

打破与重建，也是奇异的循环，该打破的就打破吧，不破不立！

正月初五：关于大

如果对自身的认知总是处于探讨之中，一定原因复杂，最复杂的原因也许就是大，太大了！

正月初五，天气异常明媚。人们奔向任何可以奔向的任何地方。留在"帝都"家里的人们，此刻正感受着从里到外的宽敞与愉悦。大，这个比较抽象的概念也变得具体了。

大，是花钱买不来的条件。中国的大，是世界任何国家都比拟不了的，所以产生众多的不了解，就连我们自己，也经常深陷误解和偏见的沼泽地，为融合、理解不停地达成共识，所以祖先创立了"和而不同"的理念，让人们和谐相处，"君子道而不同"也是这个意思吧，也许还有更深的意思，都是因为大，太大了！

中国的大，不是最近几十年变大的，是本来就大，几千年了就这么大，以自我为中心，自称中国。所以家长及其家长制维系着这样一个大，也属必然，绝对的必然，就像中国的年，一定要这么过，维系和延续着大和关于大的一切故事。

勤政的前提是责任，读了一段清史

荀子说过一句话："主好事，则百事详；主好详，则百事荒。"荀子不主张国君事必躬亲，察察为明。清康乾盛世百余载，和康雍乾的勤政密不可分，荀子的话也要因时因地辩证地看，就像当代的领导学和管理学，并非那么界限分明，把书房里学者研究出的理论当真，不是教条主义，就是思想僵化，懒惰也是奢靡。

关于康乾盛世的文字在清淡的烟晕中，散发着令人鼓舞的力量。勤政是康乾盛世重要的特点，当然还有其他特点。勤政的前提是责任感。说到责任感有点冠冕堂皇，保江山永驻更为实在。

不管怎样，厚重的政治责任感和使命感是勤政的前提和基础，历史上帝王多多，疏于政务的扶不起的阿斗也不止一个。康熙"一事不谨，即贻四海之忧；一时不谨，即贻行百世之患"；雍正灯下批阅奏折；乾隆勤政，每日卯刻晨起，忙到正午过后，真是勤政忘我！

推开窗，空气清冷清澈，尚未融化的白雪点缀着城市的夜晚。

君主或者大国领导人，责任与担当有着不轻的重量：如临如履的政治责任感；孜孜不倦的勤政作风；睿智的政治判断力；对国家大局的总体把握，健全的体魄；高尚的生活情趣；非同寻常的记忆力；威严与平和相济的个人魅力；等等。

粮食丰收，依靠自己保口粮

口粮，这个词已经不怎么挂在嘴边了。虽然人们每天都离不开口粮，挑挑拣拣，养生节食使人眼花缭乱，不为生计操心，却为生活分神；不为吃喝发愁，却为发展思虑。社会的确是发展和进步了！

民以食为天。天大的事是粮食，事关苍生生存之本，依靠自己保口粮，做到谷物基本自给，口粮绝对安全。

口粮绝对安全，事关民族兴衰。上下五千年，是谷物——庄家的种子养育着我们，世代相传，成就着我们现在的样子，包括身和心。黄种人的自我认可与自我尊重，不是不接受外来食品，而是依靠自己更安全。

世界上千奇百怪的各种入口之物何其多，拒绝某些食物，不仅出于保护人种健康纯正，也可以防御基因突变。谁知道会变好还是会变坏呢？

有些时候，保守就是自爱，自爱才会自尊，自尊才能自信，成为民族坚不可摧的特色。开放，不是什么都放开，至少，粮食安全与依靠自己保口粮要坚守。

愿，人们理解其深意！

还是在神的注视下自助吧

"开化的民族几乎都住在房屋里，由此自然而然地产生了给神建造一所房屋的念头。人们可以在这所房屋里敬神，每当有所期待和有所担心时，也可以到那里去找他。对于人来说，有一个地方可以近距离地感到神的存在，大家可以聚在一起倾吐无奈和苦难，确实是一件让人宽慰的事。"

十八世纪法国思想家的认识，放在当代也不过时。只不过人们聚在房屋里探讨的问题已经发展得非常广泛，房屋里的神灵几乎无法安抚越来越多的诉求，想法越来越多，感觉越来越分散，如何分配时间是个问题，情感亦被瓜分，都想照顾到，结果往往是不周，潦草和遗憾连神灵也会很无奈。摇滚歌手汪峰很好地表达了当代人的困惑和坚持，《没时间干》。通俗的事、直白的表达，痛与悲伤，无奈与坚持，神灵顾及不了太多的意愿，众生还是在神的注视下自助吧。

在日益世俗化的社会，人们对待自己的态度比较潦草。居住在空旷或者局促屋宇下的人，也许是羞于虔诚和真挚的表达，也许是时代赋予的批判精神太过强大，鲜有自我忏悔的觉悟，指责和不满却成筐成车地堆积，借助互联网迅速传播，虚拟空间催生虚妄，况且人既可以变成这个样子，也可以变成那个样子，如果没有一个一以贯之的精神统领，成为什么真不好说。

包容之心是开化民族的标志，但也不能忘记开化和收敛是一体的，没有收敛与敬畏，心灵会像空阔高大的屋宇，空空荡荡、无所依托。

际遇迥然不过是选择的结果

在所有说了又说的各种陈述中，都自以为了解了生活的真谛，哪怕是针头线脑的小事也要端出来论述一番。殊不知，世间存在的千百种形态有千百种认识，无所谓对错亦无所谓好坏，日常的诸多小事不过是人的习惯而已，东奔西突却冲不破自身的樊篱，被愿望所桎梏，神也无可奈何。

某位作家絮絮叨叨的陈年旧事被搬上屏幕，被标注各种标签，其实表达的不过是少数人的心思。一代人有一代人的悲欢，一代人有一代人的宿命。人的际遇迥然不过是选择的结果，时间成就了某些作家的思维模式，看不到振奋的力量却突出了自己，在这一点上和媒体上奋力挣扎的大小明星属于同道，未能免俗。

社会的广泛变革以及新一代人的崛起，人们的认识也应有所突破，和谐以及和而不同的宽容也许是趋势，就像某类影片中敦厚的长者，也好，也好，承载所有的分歧和不满。楼宇高了，道路长了，食物丰富了，心胸也要随之宽阔，满世界游走却放不下陈年心结，还不如蜷缩在一隅忏悔思过，免得写出作品误导观众。如果纯粹是为了赚钱牟利也可以换一种方式，总得给人以希望，把人们会聚起来展现不堪和阴郁，至少心里缺乏悲悯。

掩卷而思：全是病人

这个世界太老了！几千年来，那么多的重要人物已经生活过、思考过，找到可以说出的新东西已经不多了，但是，那些喜欢思考的人还是在古人的陈词滥调中，发掘新意，努力在混乱的思想丛林中，找到属于自己的新天地。

那些显而易见的错误观点广泛流行，不是借助语言的新衣，就是乔装打扮、改头换面，仿佛一个新宾客，其实是老瓶旧酒，只不过端给不同的人，特别是那些见风就是雨，对自己缺乏考量，对别人没有度量，盲从无序地在这个世界游走的流民。

看看到处充斥的宣传与误导，还有没完没了的补给与营养，仿佛这个世界全是病人，或者全都缺乏营养。实际情况是：人们吃得太多了，带来健康遗患，变成病人。

当然，也包括所谓的文化和书籍，让人们变成思想上的病人。哪里需要那么多？因为没有信仰，所以需要倚仗很多，都可以成为依靠，个人仿佛得了软骨病，随便什么都可以信，除了信仰本身。

掩卷而思，从周末到凌晨！

金融街，稳健的感觉

傍晚的天光展现迷幻的色彩，那些钢筋和混凝土堆积起来的建筑，在天光和灯光的辉映下，更像是堡垒。金融街确实给人以稳健的感觉，尽管这里每天诞生和消失风险，尽管这里有着太多的贪婪和追名逐利，尽管贪婪和追名逐利是人的本性之一。对生我们不能要求太多，对人同样不能苛刻，唯有如此，才能接受这个现实世界。

金融街的早晨，清澈、庄重，太阳的光辉让庞然的建筑有了生命的色彩。那些窗口，那些即使在白天也灯光闪烁的窗口，更像是永不停息的欲望，昭示着人们仍然热爱着生，仍然为欲望奋斗不息，那么热切、那么专注，又那么温暖而冷漠！

安静的建筑和不安的灵魂，人们创造着、坚守着、挥霍着。人们身居其中，被自身的创造保护着，也被自身的创造摧毁着，任岁月历练、生生不息。宁静致远，是要耐得住寂寞的。

寂寞是拥有，拥有自己、拥有宁静和安详，感受生命的声音，那些自然的声响和大地的沉寂，那些给我们带来"亲"和"爱"的人，让我们更加思念和珍惜。

金融街的中午，微风在楼宇中穿行，就像行人在楼宇下行走，那么微弱！

人们在自己建造起来的建筑前变得渺小，尽管衣履光鲜，尽管态度傲然，或者胸怀尽览天下的抱负，雄心依然无法与自然抗衡，最终向生命妥协、衰落和老去。因此，人性中那根虚妄的神经需要不断超越，超越自身、超越他人、超越一切可能超越的东西。

证明什么呢？金融不过是为生活便利发明的工具，最终却给人们的生活带来这么多的麻烦。保值、升值、理财、投资、风险——无数的计量工具几乎把人也变成工具，像任何一件过度使用的工具一样，金融过度，也给这个世界制造了太多的藩篱，让某些人拿着工具装神弄鬼，唬人又害己，忘记了自己也是肉身之躯。

如何被深刻地记住

抑郁的雨天，傍晚，有一种伤感而迷人的味道，仿佛生命之初的气息，令人迷恋不已。

如何被深刻地记住？终身不忘可能不是刻骨的爱情，爱情固然令人难忘，但新欢可以夺旧爱，喜新厌旧是人的本能之一。怎样才能加深记忆，甚至终生难忘、刻骨铭心呢？

借债，借债不还可能是个不错的选择，对于那些希望给人留下深刻印象的人，这个判断也许经得起时间的检验，如果时间愿意在纷繁复杂的世象面前有所留存的话。

尘世间，也许所有人都注定如烟云般逝去。在尘世逗留期间，如果不被人遗忘，避免孤独和寂寞，也许不是结婚、不是生子，也不是旧爱新欢的烦扰，很可能是借债不还。

而钱值多少钱呢？这是个相当主观的问题，所有的主观都是难以理喻的。而在金融领域，这是个相当简单的问题，尽管背后关系复杂。某些时候，菜市场贩菜和银行大楼贩钱高度趋同，只是把这个道理说清楚，比较费周折。就像借钱不还，只要印象深刻，记住就是了。

人们的天性中潜伏着自我折磨的快乐

很美、很帅、很无奈!

那些张扬的面庞令人心醉,那是天然情愫的自然流露,毫无顾忌,甚至肆无忌惮,原本的人性就是这样的。遗憾的是,这个社会每天诞生的制度、条款正在扼杀豪放的天性,在多如牛毛的条款中,穷尽生命也学不完,屡有违规事件发生也属正常,而草拟条款的人仿佛自我折磨,远离大自然的恩赐,穷尽心智的约束,对自己也未必不是一件惩罚。

人们,也许,人们的天性中潜伏着自我折磨的快乐。

在诸多自我折磨的事项中,不计其数的制度算作一项,具体的还有如高不可攀的鞋跟;布条编制的衣服,如果那也算作衣服的话;染得像枯草一样的头发;多的数不过来的食品,还有那些不知道派什么用场的奇怪物品,远远超出人们的所需,却还美其名曰"新发明、新创造"。

人们最幸福的时刻

在庸常而重复的岁月中,所谓的恒久也许是个妄想,尽管人们怀着无尽的期待,世世代代希望永恒。

人们生活在春夏秋冬、日月轮回的时间洪流中,有时激昂、有时懈怠;在坚信与怀疑之间,虚度着岁月。人们应该怎样生?怎样生活?抑郁的雨天不能回答,金融街也不能回答,不远处的中南海也无法给出确切的答案。

一个广泛的问题也许并不需要思考，只要感受就行了。

时间只是一种幻想，人类有着类似的品位、激情、渴望和志向，唯一的区别也许只是度过时间的方式。个人生活的自由、幸福和自然，这些简单的需求和期望，在现实中并非简单易得，而需要历经风雨磨砺。人们最幸福的时刻是在做出有益的努力中忘我的时刻，聚精会神，专一专注，这样的时刻不知不觉。不断地探询与发现，幸福也如每年的雨季，如期而至。窗外，金融街的行人与灰蒙蒙的街道还有落寞的车辆，那么平静仿佛休假一般。

但是，人们不会放弃他们的快乐，无论是感官的还是精神的。

人们无时无刻满足着官能的快感，表达着种种感受，时而装腔作势，时而真诚动容。是的，每一个人都自由体验自我感受的快乐，表达出来，说了又说，为每时每日的生活增添光彩，这是生命的享受之一。

现实，是把人们从虚妄中拯救出来的唯一良药，唯有现实可以创造新的记忆，梦的记忆！

人们是如此热衷于创造甚至创新，愉悦自己和他人，在构想的世界中进进出出，时而浓妆上阵，时而颓废下场。

这些热爱生命的孩子，用不尽的繁复礼仪，表现着这个世界的尊崇和落寞，陈述着关于生的一切故事，了无尽头！

情感总是起到催化剂的作用

情感是一种可怕的力量，而集体的情感则是可怕的洪流，无可阻挡。

网络，为人们认识群众情感的力量提供了明证。所有的专业退而其次。情感的洪流成为左右人们判断选择的唯一力量。人们深陷其中，甚至为偏见敞开了怀抱。想想发生在历史上的那些事件吧，如法国的大革命，如中国的"文革"，尽管原因复杂多样，而哪一次不是被群众激昂的情绪左右而发生令人震惊的事件。

所以，当那些哲学家们在书房里研究事件时，情感却如幽灵般汇聚起来，密谋反叛。

情感试图完全控制人们的判断力，甚至以喧宾夺主，以理所当然的态度使用世俗的力量对付异见者，迫使人们接受，不得不接受。

世俗的力量几乎成为一种强权。也许，这个世界只能存在一种权利，即强权。一种强权退位，另一种强权登场，情感总是起到催化剂的作用，随时准备为一己的偏见效力。这种状况不仅发生在群体中，也发生在每个人身上。

这也许是那个神秘莫测的主宰有意为之。

不确定性与安全感

由于存在不确定性并由此带来的风险，人们需要安全感。

而安全感，这种感觉本身亦充满不确定性。人们需要房子遮风避雨，寻求温暖和保护，人们也需要房子投机升值、赚取利润。这个过程的不确定性在于，投资房子可能升值也有可能贬值，无论哪一种可能带来的不确定性，都会让安全感变得飘忽不定，人们竭力追求的成为最终失去的，这样的结果很难令人接受，却是常见的事实。

安全感是一种感觉，人们希望为一种感觉提供保证，本身也许是虚妄的。但是，人世间的男女不是这么想的，特别是他们陷入情欲的深渊时，不确定性仿佛迷幻的彩色世界，充满好奇恩爱，依依难舍甚至生死相许，安全感让位于力量无边的激情。安全感？相守就是安全感，或者安全感已经根本不重要，唯此时，人们才能够真正认识安全感，仅仅是一种感觉，相对重要。

夜已深，电视还在阐述不确定性，这真是一个有趣且可以深思的问题，尽管我喜欢沉思默想、喜欢凝神聚气、喜欢挑战不确定性，还是被困倦压倒，准备睡了。

短长功过从来都是一体的

努力接受着常识，而常识也在发生着变化。

那些善良的人们心怀圣念，而不善良的人们也没有承认自己的腐化。在生的世界上，心怀美好应该是共同的追寻，只不过某些人一上路，就拐到了歧途。

无意论是非短长，这个世界从来不缺乏是非短长，也无意评价是非功过。短长功过从来都是一体的，但是我还是对那些善良的男人和女人充满不尽的悲悯，爱与惜与痛！如同每天的相见与告别，人类确实不需要太多的思想，就像这个世界不需要如此之多的发明创造，或者不需要泛滥成灾的精微感受，表达再表达。但是，这不是需要不需要的问题，仅仅是个存在，一如既往地存在，如同雾霭、如同烟尘，在空气中弥漫不已。

画家们描绘的世界和作家们创造的作品充斥于世，作曲家也用音乐表达着生及关于生的一切。可是到了此时，人们更关注餐桌上的食物，我也在其中。放弃了近乎虚幻的种种思想宏论或者无处不在的鸡毛蒜皮，感官灭杀灵感，民以食为天，特别是雾霭沉沉的傍晚以后，吃完饺子再说吧。当然，吃饺子之前先抽一支烟，写几行文字留作纪念。

奋进中的悲凉以及休憩后的欢唱

精神和物质相互促进。很难想象一个整天喝粥的人会有什么英雄壮举！也很难想象，一个被牛肉和啤酒填满的胃口会有一颗平静如水的心。我们是精神和物质补给的表现者。混乱的思维或许和杂乱的食物汲取有关，在这个问题上想得太多会影响食欲，及时打住是好选择。

幸好，烟草可以让亢奋的神经平静下来，酒精助力把某些过度形而上的考量降下来，再降下来。当我美丽的妹妹用鲜花装点她的世界时，我正与烟酒为伴，消灭着白天的过往，为喧嚣披上平静的外衣，为告别涂上壮丽的色彩，为遗憾开辟新征程。

喧嚣是不存在的，告别亦不存在。到处都是一样的人，我看不出差异。看不出差异，也就不需要洞察力。哪有那么多道理呢？和一个人讲话比对着百人宣讲更难，完全个性化的交流没有情感进行不下去，没有真诚如同对自己说谎。我的朋友不停追问：是白酒还是啤酒？我的回答是：我喜欢奋进中的悲凉以及休憩后的欢唱！

神奇之水及其万能药

南方肆虐的洪水，以及空中飞舞的纸币，成为这个夏天的标志。2016 年夏天的标志不只这些，暑热难耐以及摸不准的连续雾霭沉沉也是这个夏天的标志，在事项繁多的大千世界，能够成为标志的不计其数，无须深究，就此打住。

人类是离不开水的，水不仅是我们自身的原料之一，非常重要的原料，而且水也让我们更洁净、更健康、更加生机勃勃。但是水这个自然界的神圣之物与人的关系，犹如中国古代政治家描述的君民关系：水能载舟，亦能覆舟，这个既简单却也复杂的道理，暂时淡出某些人的视野，人们的目光和偏见集中到排列密布的房子或者位居幽闭的房子，等到发现水可以淹没房子，水不仅可以冲击田地沟壑，还可以冲击钢筋水泥土的时候，对水的关切和敬畏才有了那么一点回归，代价沉重！

空中飞舞的纸币为股权大战插上随时转变方向的翅膀，搅动着本不平静的金融江湖，用钱打仗，为权而来，无论背景多么复杂，无论科技多么强大，还是没有超脱于人类的本性，野心与贪婪，强权与残暴。其间掺杂着不合时宜的自以为是或者花边新闻，看着热闹、实则无趣。何必那么委婉呢？成王败寇是成语也是对现实的概括，更可以看作是客观规律。凡事都套用某个理论未免太教条了，要记住历史的发展是那些伟大的实践者披荆斩棘开疆拓土塑造的，实践是理论的先导，尽管这个先导不那么体面，尽管我对这种用钱方式很不以为然，尽管我的认识可有可无。

暑热蝉鸣，昭示着季节轮回，鼓噪声中更显静谧。亚当·斯密仅仅使用三次的"看不见的手"也许在指天意，那个神秘的主宰平衡着世间万物，给予人类同样的喜怒哀乐也给予人类同样的爱恨情仇，在时间的长河中行进。

有多少欲念混进思想，就有多少困惑神伤

有多少欲念混进思想，就有多少困惑神伤。不过，如果少了欲念困惑以及神伤，我们到哪儿去寻找信手拈来的悬念、神奇以及痛之后的觉悟呢？

生活在时间中的人，积累了太多的知识甚至是负累。尽管

文明的卷宗堆满了博物馆或者储藏间，但是真正进入人的头脑，仍然是件颇费周折的事，从生到去，也不见得能搞懂文明的传承，但是诸如拳打脚踢此类的野蛮暴力，几乎无师自通、不学成才。从解决问题的角度看，野蛮而直接的办法尽管粗暴，效果卓著却也是现实，如果我们对效果不做过多评判的话。

生活在时间中的人，对什么都发表见解，评判者多行动者寡，如果对妄议追责，也许这个世界就不会有那么多游离于社会各阶层，靠着近似江湖郎中般的预测扰乱视听的人了。凡事都解读，凡事都分析，把世界搞得复杂多变，让现实成为故事，让故事成为现实。我们可感知那个神秘的主宰在静观着一切！

清明时节，感受和被感受

关于人生在世如何对待生死或者不朽这样难以回答的问题，最好回避。孔子说过：不知生焉知死。人生在世，某种程度的盲目才让我们有了足够的时间东奔西突，在东奔西突中获得永生，即那些东奔西突变成故事的时候。

清明时节的雾霾沉沉正好迎合了清明时节的情绪。追思和回忆已经不再留恋尘世，或者认为尘世不再值得居住的亲人故人。看看尘世没完没了的喧嚣热闹，都在时间中存在着。感受和被感受，存在和被存在，需要某种穿透的理解，似乎有顿悟，随即消散。世间的繁华有一种特别的魅力，似乎是迅速消解哀思烦忧的能力，或者根本不给哀思烦忧以时间。

城市中川流不息，批评之声不绝于耳，抱怨谴责此起彼伏。人们的注意力高度集中于房子，甚至连墓地都不放过，把它当作投资品进行交易。如果此时停下来思考生命的意义，看起来是多么不合时宜！在某些人看来，生命的意义就孕育在砖瓦灰砂石中。所以，我们可以到处看到千篇一律并列高耸的楼房，枯燥无味却价值不菲。

很难保持严肃庄重的心情了，特别是在喝了两瓶啤酒，听完近乎虚妄的各种观点之后，也许我想得太多了，表达是关乎生的重要乐趣，和吃饭同等重要，至于真伪对错，大可以置之不理。

大动物都有一幅平静的外表

神秘的大自然沉默不语。

山川大地是一切生命的发源地，人当然也不例外。人类某些时刻的虚妄不是被虚荣牵引就是脱离本源太远，自以为是。如果认真看看那些自然赋予的大，也许会理解得深刻一些。

首先，大动物都有一副平静的外表，特别是森林公园里那些眯着眼睛的老虎、狮子，神态安详平静却自有一番威严，没有几个游览者敢于掉以轻心，这些体态庞然的动物不仅有威名，在特别的时刻行动也威武腾跃，具有无比的冲击力，不是那些终日跳来跳去的小动物们能够望其项背的，比如松鼠等。

其次，高山巍峨令人仰止。喧嚣茂盛的丘陵地带适宜生存、适宜防守，终究不过高山雄壮威严，千百年的矗立令人心怀敬畏。如此的大，是大自然神秘的安排，人类改天换地的雄心终究还是让位于敬畏，让位于敬畏好。无奈某类人的雄心堪比山高，却又无足够的力量与山峰比肩，只好如山林里叽叽喳喳的麻雀，搅乱大自然的平静，当然也可能认为是可有可无的活力。对大的认识有多少都不够，终其一生也许仅了解了皮毛。

最后，人是大自然的一部分，人的优异之处在于延续生命的同时追求幸福，也许麻雀也追求幸福，但人追求的幸福更长远，不仅为子嗣也为同类，不仅为目前也为长远。克服各种困难的人在工作和创造中寻求幸福，追求自己的福祉也追求他人的福祉，是文明，是进步，是新时代、新精神，不断丰富和充实的精神。

风起云涌，树木安详静谧，消释着各种各样的新闻，各种各样的是是非非，知道或者不知道改变不了一日三餐，至多某些新闻变旧闻之后，考验或者训练着记忆。忘了又如何？忘了也无妨。

老虎强悍无言只有行动

当我们对自身捉摸不透的时候，可以看看大自然的神奇，那些顽强而奇怪的虫子，生龙活虎的小动物，佯装安歇却随时可能凶猛异常的大动物，山川河流以及石头草木等。尽管人类文化传承千年，对大自然的鬼斧神工我们还是知之甚少，甚至不知道何时和风细雨，何时雷霆万钧，人类认真而专注地预测又预测，还是被突如其来的变化震惊，即使一场突如其来的雨，也会带来惊恐和慌乱，甚至更加严重的后果。

老虎强悍无言只有行动，草木沉默安然茁壮生长，大自然的各种生物悄然无息地存在，只有人类喧嚣不已，宣称渴望民主，实际钦羡霸权，并且发明了无数停留在纸上的各种理论，不必种地就可以混饭吃，还振振有词地抱怨，甚至有些时候的抱怨仿佛承载了全世界的苦难。现实是最好的检验器，去几趟动物园或者淋几场大雨，或许可以警醒某些混乱的头脑。

当然，现代人正热衷于拥有价格匪夷所思的房子，或者被各种微信息牵引，致力于发表各种评论，无暇关注生物、动物以及植物。人类说话的天性可以通过手指传播到几乎世界任何地方，表达的快意胜过信息本身，甚至超越了是非。某些人对于自然的理解就像对于自身的理解一样少，少到什么程度？少到忘我。

登山，属于少数人的极致体验

所有的极限运动都承载着自我孤独，不可计量的自我孤独。精神和体力团结与孤独抗衡，考验着耐力，也考验着凝聚精神的能力，防止随时可能带来的崩溃。还要防止潜伏于身体的退缩、懈怠以及妥协等。

也许我们不必去感受那些极限运动，那些自由与浪漫其实极其孤独，那些浪漫的词语存在于想象中，而自由却无处不被束缚。关于登山这样的极限运动，8000 多米几乎超越了很多人的想象力。

属于少数人的极致体验，听得惊心动魄！（听朱彦讲登山）

离家出走成为常态，即使假日也不例外

这个时代，人们对外部世界的渴望异乎寻常的热切。每个节日，无论大小，都是交通高峰，拥堵异常。人的海洋昭示着人多势众、不可小觑，引发现代商家无数的联想以及创业欲望。

这是否也预示着人多易照顾不周，以致从产品到服务多粗制滥造？粗制滥造一定有它存在的理由，尽管我们不希望这个理由存在。

如果要保持某种程度的尊严，必须要深居简出，远离无法抗拒的人海洪流；如果要保持某种程度的先进性，无论做什么都要加倍地付出？大和多，变成存在的难题，绕不开、躲不过。时代越发展，诉求越增加，不是坏了而是前所未有的好。

如何满足呢？是个无法回答的问题。

看看离家出走到处旅游的人如此之多，说明这个时代足够好。至于随处存在的抱怨，亦可采取同样的理解：生活普遍如此之好！

只能理解这么多

　　大千世界的各种关系中，朋友关系是其中一种。时断时续的友谊把人们连接到一起，抵御着时间带来的孤寂。但是多数时候，人们追求友谊并不是在追求友谊的美妙感受，美妙的感受尚未诞生，就被各种各样的分歧销蚀掉了。友谊和爱情均不恒定，源自我们是有着各种缺点的人。

　　从朋友到情人，也许能抹去一些不必要的分歧吧。凡是让感情出面总会化解疑难，把事情厘清或者搞乱，一定是情感登场。控制情感是明智的男男女女必须考虑的问题，但是这样的要求显然失当，至于怎样的失当，每个人自觉自悟，总能明白一些，在这件事上明白一些，够用即可，太多无当。

　　从朋友到情人往往前途未卜。不要以为相识太久感情浓郁就可以上升到爱情。或许这完全是个误会，复杂的感情不会把友谊将就着成为爱情。看看大千世界，物种清晰，少有不清不楚的存在。不要以为感情看不见摸不着就可以混沌不清地存在下去，误会、误解、误导之后的结果就是情感的沼泽地，进不去、出不来，不深不浅地泥泞遍地，自寻烦恼也为他人平添烦乱。如果是戏剧可以消磨时间，如果是生活就是磨难，而且是根本不出成绩的磨难。

　　七夕临近，俗世的各种宣传日充斥着电子设备，商家不惜浓墨重彩，丰富着语言也丰富着情感，当然，也可能麻木着情感。城市的匆忙以及没完没了的事项也许无法消解复杂的情感，退而求其次（这个世界的很多事都不得不退而求其次），只剩下不得不保留的需求。从朋友到情人也许是个不得已的选择呢，也许是吧，进一步或者退一步，熟悉就好，我也只能理解到此了。

荒谬的表达：用数字表达人

假期沉寂，一切淡然安详。了无头绪的沉思变成清单，犹如一首长诗，布满迷人的文字，有锦绣亦有粗陋，犹如流动的思绪，闪现飘移，不时闪现迷醉的风采，只是一遇到经济金融问题，周身即刻陷入严肃，不那么趣味盎然了。

数据及其数据分析是泛经济学离不开的话题。如果假期都被数据环绕一定是犯了数据综合征。虽然身处数据之中，每天离不开数据，本人最反感的也是数据，尤其反感用数据表达人及其行为。在大数据盛行于世的社会，早有学者提出数字化生存，以及没完没了的数据分析、图表和各种模型，仿佛鲜活的生命就是由数据堆砌。用数据治理社会或者商业牟利无可厚非，但不要忽略数据背后的思想、情感以及精神。被数据抽象的人及其生活，有何意义呢？

很少参与讨论问题了，被各种观点劫持的人，不停地陈述和表达，仿佛手中都紧握着绝对真理，挑战着倾听者的忍耐力，也许，修养不是什么特别高深的修为，仅仅是超常耐力的表现形式。对于没完没了或高调或悲观的经济预期，均可以采取不以为然的态度。一代人有一代人的悲欢，一代人有一代人的宿命，历史洪流势不可当，同代人应该相互珍重才是，不能被虚妄牵引，不知生在何时、住在何方。

大数据推送的文字信誓旦旦，论据确凿，也许掌握绝对真理的人都有这么一种莫名的自信。从发展的观点看，真理也经常变换着角度，从绝对到相对变换着容颜，人们在历史的长河中寻求认识的突破是好事，探索与上进，生生不息，但是把问题绝对化未免带来不适。不过是生存和生活，不过是存在与消失，蓝天白云清澈异常的天空与笑颜，快乐与喜欢，以及爱，如何用数据表达？

积极的人生很重要

人口老龄化遇到一系列问题，对衰弱的理解也许更重要。

首先谈谈认识。老化本身带来的衰弱不可避免，但这是一个逐渐甚至缓慢的过程。从 65 岁步入老年到和这个世界说再见，基本还要度过漫长的二三十年；65～74 岁大多数人尚处于活力阶段，看看当下满世界游走的面孔，就知道这个年龄段储备的能量足够挥洒相当一段时间，加上某个时代特殊的顽强基因以及争论不休的心理素质，时代强化着大多数人抗老抗衰的能力。

75 岁以后体能逐渐衰减也属正常，大自然新陈代谢、吐故纳新是必然，这个阶段要学着如何变老或者遗忘，无论在思想上还是行动上，运动和劳动对健康总是有利的，至于失能失智等问题还是留给政府或者专业机构去考虑，目前我们只能考虑到这个阶段。

其次谈下老年衰弱综合征的表现。北京协和医学老年医学科医生张宁认为，如果论病，老年人一般都会有不同程度的疾病，国际上采用比较多的标准是美国的一项标准，涉及 5 项指标：一是不明原因的体重下降，一年体重下降超过 4.5 公斤（在没有主动节食的情况下）；二是疲劳感增加，即使是做扫地这样简单的家务也会感到吃力；三是手握力下降；四是步速下降，步速每秒钟不超过 0.8 米；五是低体能状态。医学标准不像文学语言温情脉脉，语义温暖。如果换个角度把这些症状理解为自然想象，也许就没有那么大的心理负担了，现实中有哪个青年人看到婴儿搬脚丫就认为自己不行了？比较带来的困惑和痛苦，代表着精神衰弱，分布在年龄的各个层次，还是改变认识为好。

最后，足够的能量在任何阶段都重要，老年尤其如此。现存的养生之道消极懈怠，需要调整。社会普遍富裕之后，人的行动和思想范围都非常广阔，体能消耗也和几百年前大不相同，仍然沿用晚餐少量进食的标准无疑是自决。大多数人包括老年人在晚上七点之后几乎还要度过将近一个上午的时间，没有充裕的能量供给，天长日久一定会影响身体的储备能力，粥和蔬菜很难支撑不断思考的大脑，应像平常一样晚餐尽量丰盛。吃得饱睡得香身体很健康，有足够的能量防止衰弱，至于消化机能也是平素锻炼的结果。

活跃在世界各地的政治家们没有哪个是依靠每天喝粥吃菜做决策的，繁忙的工作以及充足的食物供给，即使很少睡眠、很少休息，依然博闻强记，思维敏捷，统御世界。什么老不老的，积极的人生最重要。

在空谈闲扯中明辨是非

　　劳作之后是休闲，在休闲的千百种形态中，空谈闲扯充斥其中，也许只有人事如此这般热衷于空谈闲扯，为一件简单的事涂抹色彩、强化记忆，也分散着原本就涣散的精力，但如果仅仅如此认识空谈闲扯不免有些偏颇。

　　历史是过去人的经历总和，也是每个时代人们看法的总和，更是各种思想汇聚后服务当代人精神的工具。看看前人曾经如此活着、如此认识，苟且偷生与舍生取义并存，大智若愚与精明透彻同在，谁更好呢？各有各的好，只要接受或者用对了地方。时代精神风貌不知不觉改变着容颜，谁也奈何不了，顺势而为是态度，视而不见也是态度，彻底批判也是态度，只是不要伤神伤心，只是做到难。

　　空谈闲扯化解着某些人的忧虑不安，释放着不知何时积聚的疑虑。

　　激情岁月成长起来的人为激情而生，当激情不再也就意味着生存土壤的丧失。理解不了静谧是大自然常态的人，也理解不了时代精神。人们希望无须出发就能到达目的地本身倒也没什么可指责的，既然有轻松易得的捷径，何必弯腰弓背苦苦追寻呢？但实际情况应该不是如此，即使最平凡的人也懂得干活不弯腰并不值得称道，生活在社会中的人有着对公正的朴素理解，人们在空谈闲扯中明辨着是非，袒露着思想，如果空谈闲扯能够提供灵感，升华感觉，也许比重复劳作生产多余无用的东西好。

不要忽视乡下人

在自然界，即使在最高级的动物种类当中，一个个体对另外一个个体都谈不到举足轻重，除非它们之间把对方看作亲密无间的朋友或者非常强大的敌人。

同样，在社会层面，个人也并不是非得加入某个圈子，必须与这些人交往不可，即使是权贵或者名流。在包装与宣传盛行的社会中，某些名人或者某类具有权威的人，名不副实或者徒有虚名者大有人在，在这一点上必须要有清醒的认识。

同样必须保持清醒认识的还有，不要忽视乡下人，那些仅仅接受大自然教化的纯朴心灵，也许常年在田间地头劳作，礼仪欠缺、讲话直白，但说的都是人间常理，媒体上泛滥的各种道理基本都是从写字间流出的，远离常识却穿着看起来华美的外衣，其实真正的华美隐藏在质朴中。

生活在城市中的人充满各种技巧，并且随着时代变迁衍生繁衍。据传在荷马生活的时代，拦路打劫是司空见惯的事，人们可以礼貌且毫无顾忌地向陌生人咨询有关抢劫的要领，中国古代也有类似的时期。当代，公然讨论抢劫的场面已经一去不返，但是却改头换面以另一种形式出现，比如被各种话术包装过的销售，甜言蜜语，套取钱财。

在思考和感受此类问题时，心情不太愉快，甚至比不上在阳光下挥汗如雨畅快淋漓，如此的问题还是放下好。

生活是最具有权威的

当代，经济学家的宏伟抱负也许就是创造一种理论，解释当今世界的经济及其变化，并据此开出济世良方。经济学家们面对当今社会发展情况之复杂，既雄心勃勃又自信满满，断言市场没有失灵，是市场理论失灵了。也许只有把理论变成教条的经济学家，才会发出如此高论。

生活是最具有权威的，它迫使人们对实际情况提出新观点，促使人类在新的领域进行探索。每个时代的经济学家都是时代的客观观察者，或者是伟大的实践者，理论从来是现实的反映，不是教条，更不是类似文字游戏般的纸上谈兵。

生活的权威还在于鲜活、生动以及种种意外。比如对于延迟退休，我亲密的朋友很认真地认为，对于穷人出身的孩子，延迟退休可以赢得时间，大器晚成。再比如放开二孩政策，从更广阔的视野看，有助于古老国家的伟大复兴。从历史上看，和亲可以解决帝国之间的摩擦，联姻是民间稳固关系的润滑剂。亲和协调或者类协调，不仅可以大大降低人类战争的可能性，世界大同的梦想好像也不那么遥远了。如果仅仅猜测谁生二孩，或者二孩带来的那点 GDP，或者言必称的人口老龄化等，显然是思想局促了些。

把严肃的问题娱乐化，符合某些时尚，说明时尚存在的理由不仅充分，而且必要。如同谈笑间读哲学，非常了得！

平衡与制衡

有句俗语叫作："好了伤疤忘了痛"。

所有的喧嚣过去，人们不能总是聚众狂欢或者聚众沉思，总有那么一刻要安静下来，为喧嚣充实安静，疗伤疗痛，或者静享一人的寂寞与欢愉。

好了伤疤忘了痛。不选择遗忘，难道让痛永远伴随？没完没了地回想与记忆，强化那伤、那痛以及所有的不堪？让本来的好时光背负沉重的伤疤前行？如果是个体，一定过得不快乐，如果是集体则沉重无比，还不如解体。

如果遗忘，仿佛失去了心肺，在光阴中乐天知命，仿佛空气一般淡然存在，随风飘扬任其肆意重复，重复那些可以避免的伤痛以及不堪？如果是个体，免不了陷入另一种伤痛；如果是集体则有可能滑入更加可怕的深渊。

平衡与制衡，人类思想史上最伟大的发明，让人类在遗忘与记忆之间寻找着自己的空间，试图解决"好了伤疤忘了痛"这样的现实！

人海茫茫，我们不过是沧海一粟；众生芸芸，我们彼此谁也高明不到哪儿去。时间熨平所有的创伤，时间也在悄然翻云覆雨。我们都是阶段性的产物，好了伤疤忘了痛，并不迷人的思考却可以给予足够的警醒。

读了三遍报告，文笔粗糙，却道理深刻，并且颇具道德感！就像某类看似粗陋实则精微细致的男人，时间能证明他们的好！

历史就是历史，充满着各种不确定性

我们的思想，即使是我们的日常思想，也无不是历史文化传承的结果。历史文化传承，成就了现在的我们、现在的人。

特别是"居庙堂之高，则忧其民；处江湖之远，则忧其君。"时刻处于忧虑中，深入骨髓的忧患意识，让我们时刻越位，经常错位，并且怀着责无旁贷的责任感，理直气壮。

网络，为当下人的思想插上了翅膀，大到宏观治国理政，小到鸡毛蒜皮、家长里短，人们发表着某个层面上的真知灼见，良莠难辨。到处是分歧，又随时改变着话题。奈何怎样，一切如常。

历史就是历史，充满各种不确定性，每到转折时期，人们总是惶惑不安，把历史搬出来推演一番，找出未来前行的蛛丝马迹。而未来呢，总是神秘莫测，像不期而至的风雨雷电，出乎意料，却又理所当然。某些时候，无须问为什么，跟风及其盲从超越了原因！

欲望与激情登场的时候，节制与理智就会离场休息！留下的问题却如刀疤。

意外总是令人心醉神迷

在世间的千百种陶醉中，意外总是令人心醉神迷。给平淡的人生增加味道，给平凡的生活增添色彩，给予悲观主义者出其不意的慰藉。

如此清澈的夜晚以及白天，很快忘记了雾霭沉沉。不能总是在消沉中生活，遗忘是美德。天气如此之好，成为每天的意外，或者干脆把好天气当作意外，意外的惊喜！那位发过毒誓的市长实在没什么风度，行政誓言和爱情誓言一样不可靠，但是令人记忆深刻，遗忘或者不遗忘呢？这样的感觉应该是时代特色。

老龄化。当某位部长先生为老龄化社会发出忧虑时，那些老年人正在街头跳舞、在景区游览、在证券营业部感受着K线图带来的心跳，甚至卧床的老年人也没忘指导子女的生活，人生的经验太多，总得传递下去，一代又一代。真是有点遗憾，一个大国部长的忧虑引起的关注有限。也许老百姓有他们自己的看法：什么老不老的，连死都不怕，还怕活着？老龄及其老龄化不是意外，楼部长的悲观预期，也许会创造乐观的未来，这的确是意外。

各种各样投资市场。百年奇观，这个时代的人们对投资是如此狂热。当所有理性投资者被理性包围，突不破经验藩篱的时候，新一代冒险家以及投机者正兴高采烈地前赴后继。盲目和乐观这两个不太体面的词汇，在这个时候是如此正确，充分验证着阶段性和相对重要。

至于未来，那是未来的事情。要知道千秋万代只具有表达意义，普通人能够看到十年就是远见。也许，我们都没有未来，所以更关注当下！这是意外吗？当然不是，但是给人的感觉比意外更意外。

人生之梦，在于安宁

一支烟，一首歌，夜晚开始散发浪漫的味道。如果人们心中有梦，此刻的安宁就是梦，人生之梦，在于安宁。我知道，我的那个"独断专行"的朋友一定明白，他总是能够理解人们不能理解的，我只是偶尔懂得。

人们由于工作聚在一起，又因为生活远离。所有的人生悲情欢歌，都在聚散离合之中。讲话中列举的法国作家都是人类情感的最佳阐述者，伏尔泰、莫泊桑等本身都投身于真实的生活，他们生活的本身就是一部耐人寻味的作品，给人无限启迪。

悠扬婉转的旋律令人伤感，万物萌生却也伤神忧思。多愁善感是一种病，亢奋热烈何尝不是另一种病？全是病人，仅仅程度有异而已。从喧嚣到安静，需要不到一刻钟的时间。从安宁到喧嚣呢？幸亏，夜越深越安静，直至静到睡去，梦到！

人们推出了怎样的新思想呢

任何一种文化，任何一种表达生的文化经过历史岁月的积累，几乎都达到了令后人无法企及的高度，不管后人理解还是不理解，它们都安然存在着，令后人敬仰或者令后人愤怒：应该有的都有了，没有的尚未发现。

中国的传统文化亦如是。

一个学者曾经将中国的传统文化概括为四个方面：一是作为基本哲理的"阴阳五行"思想；二是关于人与自然关系的"天人相应"思想；三是关于处理社会人事的"中庸中和"思想；四是关于如何对待自身的"克己修身"思想。以人为中心和本位，扩展到与人有关系的方方面面，这些重要思想在今天的重要性依然，但是这并不妨碍后人推陈出新。

人们推出了怎样的新思想呢？随便看看当今世界各主流媒体，或者各国首脑的执政要领以及国际国内事务处理，基本遵循着"业已存在"的信条，只不过在加深沟通和交流上倾注了更多的心思，交通和通信助推着交流，文明互鉴可以乘着欣然的翅膀，周游大洋与陆地了。

疑问不如深信

独立而持续还是凑热闹跟风？两种情况将对立存在，或者和平共处！

我们不能批判世界的本来面目，特立独行与盲目跟风相互依存，虽然人们不愿意承认这样的现实，但这样的现实每天都存在着。

每天泛滥的大量信息不断涌现，人们接受着、遗忘着，成为常态，生活的常态。没有改变人们的一日三餐，也没有改变人们的七情六欲，人们在日月轮回、四季更迭中继续着他们的生活，或者专注，或者漫不经心，任时间流转，只是偶尔询问：时间哪去了？

一个政策反复权衡定夺，还是有可能被现实扭曲，人们不是神仙，决策者也离神仙相距甚远，所以人们反复争论、权衡，徘徊于做与不做的反复思量中，犹如一个犹豫不决的棋手，举棋不定。

这样的犹豫时刻锤炼着人们的耐心，也考验着人们的判断力，或者还需要一定的承载力，是什么样的大事呢？如果放在历史的长河中，大和小，也是一个既需要考量又可以忽略的问题。尽管人们生活在时间凝聚的历史中，但在具体的时空内，还是无法超脱的，做还是不做呢？

蹄疾而步稳，那是高手的走法，如果还没有足够的能力，放慢脚步也是个不错的选择，也许是个不错的选择吧。

借鉴前人，践行今生

毫无疑问，我们的诞生如此雷同，甚至出生的第一声啼哭，基本都遵循着同样的音调，稚嫩却声嘶力竭，宣告着降临人世，当然也表达着痛，既有承袭又有发展。谁知道要经历什么呢？这个现实又虚幻的世界。

学习，不停地学习，吃饭、走路以及工作，虽然天资各异，人们还是努力在芸芸众生中提升自己，证明着什么，也许是与众不同，也许是唯恐与众不一样。但有一点是相同的：终其一生，我们都在学着怎样生而为人。

但是这个学习的过程太漫长了，知道了一些，不知道的更多。不同时代不同背景的人们，借鉴前人，践行今生，衍生出无数的故事，既有延续重复，也有无中生有。活动于其中的人，或与时俱进或自甘落伍沉沦，有追求和狂热，也有胜利和谬误，谜一样的生活和创造。人们在试图解释的过程中，情况又发生了变化，时事比人强！

时代、人们、思想，这个困扰任何时代的迷人问题，在这个时代更具典型特征。人们对发展的渴望甚至超出了此生此世，没有一个宏大的理想信念支持，一代一代干下去，如何为继？

晴空万里与养老

清澈无边，晴空万里，养老的话题一直在耳边回响！

研读一篇事关养老问题的文件，发展养老服务考虑周全，对老年的特点却避而不谈，也许这个问题很难谈，或者根本谈不清楚，于是索性放弃，把养老问题当作事业来做，态度端正、认识到位总是好的。

某位冷静却有趣的哲学家说过，人生的前 40 年适于著书立说，后 40 年宜于写写评论。生活从整体看，并不是那种过去比未来美好的东西，就像节制使用的物品，历经久远更具价值。也许变老会让人们放下人生的负累，找回自己的轻松与快乐，愉悦地生活。由于有了思想的积累、固化的价值观，以及不期而至的遗忘，如果再为自己保留一些美好的思考，生活也许会展现瑰丽的画卷。

这一定是浪漫主义者天真的期待。如果天真持续终老，也是上天的眷顾，而对于任何眷顾，都要心存敬意与感激。保留纯真美好到终老，是每个人应该学习的课程，无论年轻还是年老。遗憾的是这份文件回避了，或者不知道如何下笔，放在哪个段落都显得突兀，百密一疏，可以理解。

把养老和地产捆绑在一起

老龄化，人口寿命的延长，无疑是和卫生、医疗、教育和科技等社会综合服务水平提高相关联的。社会和平，百姓安居乐业、安然老去，应该是整个社会进步的标志，也是政府和个人共同谋求的结果。

经济发展了，整体社会福利提高了，人们的忧虑也增加了。是谁在蛊惑人心？又是谁在推波助澜？保险公司和媒体共谋，误导着老之将至的人们，包括富人和穷人。受到误导更多的是，正在青壮年，未老也未富（这是两个非常相对的问题）的人们，热爱生活又被生活所累，不一而足。

保险公司作为人类伟大的发明，责任与爱，聚众人之力分散风险，或者花钱把风险卖掉，是最初的意义。进入新世纪、新阶段后，迅速发展的保险行业不断创新、与时俱进，不仅开始参与财富管理，更结合当下房地产热点，开发出"养老地产"这样一个虽然符合潮流却不乏"血腥的"语汇。政府倡导的老有所养，在保险公司这里变成了金钱堆积起来的豪华房屋。把"养老"和"地产"捆绑在一起，的确算不上具有创造力的发明，如果把老人作为谋取利润的手段，不管针对的是富老人还是穷老人，都有那么一种残酷的味道，甚至那些昂贵的养老社区都散发着抽筋吸血般的冷酷。住还是不住？考验着富老人的神经，也锤炼着穷老人的耐受力，让天下的子女们思考良多，沉默无语。当然，如果是冲着房产投资等其他目的，另当别论。

幸好，幸好，从生活地到工作地，态度安然的老人及准老人们怡然地微笑与生活，甚至还邀请我聚餐游玩，介绍如何对待自己的身心，亲善宽容，给予无限的安慰。老不可怕，比较可怕的是对待老的态度。当然，媒体和推行高端养老的保险公司也很可怕。

人们为养老问题各抒己见，期望更高了

中秋和重阳两节之间，人们为养老问题各抒己见，甚至对政府颁布的《关于加快发展养老服务业的若干意见》（国发〔2013〕35 号）发出各种误解、误读，甚至以偏概全。房子再次成为焦点。

是的，房子总是成为人们生活中的焦点，既涉及基本需求又涉及财富占有，既涉及能力又涉及权力，甚至身份和地位，人们为房子赋予了太多的内容，房子也给人们的生活带来不尽的问题，包括烦恼和焦虑。人们考虑了许多吗？很多人还来不及考虑，便跌入对房子占用和热爱的旋涡，无法抽身和自拔。

在围绕房子的一系列事件中，养老，这个触及每个希望流连尘世的人必须面对的问题，在这个时代更加尖锐，挑战着政府的作为。如果人们客观一点的话，应该承认不是当代生活保障不好，而是跟以往任何时代相比，生活和保障更好了，但是人们的期望也更高了。

多少年来，生老病死作为自然现象，一直存在，不唯这个时代独有。房子作为财产或者遮风避雨之物，也不独这个时代存在。为什么这个时代房子和养老却成为人们重要的焦虑问题之一呢？大概在于金融的介入。

金融，由最初资金的融通发展到今天，已经无孔不入，渗透到人们生活的各个方面，特别是一些未经实践检验的理论和概念，被缺乏人文关怀的创新者滥用，严重干扰着人们的思想，损害着人们的生活。而人们也有自己的责任，不加节制的欲望与期望，盲目跟风者、随波逐流者，见风就是雨，比比皆是。政府在为人民谋求福祉的同时，也承载着教化民众、管理社会的责任。

这是一个不该在假期思考的问题，当然工作日最好也不要思考。

人类本身就是狂热的产物

无疑，狂热是理性的大敌，更是崩溃的前夜。"上帝让你灭亡，必先让你疯狂。"但是，任何事业又离不开狂热，周期性狂热并非人类独有，甚至动物世界也存在充满狂热的时刻，看看神秘的动物世界，给人的启示可能还不仅这些。辩证法与周期论，又在发挥着神奇的作用！

思考和讨论狂热，是无意义的。

人类本身就是狂热的产物，生殖冲动与种族延续，需要神秘莫测的狂热，也需要持之以恒的冷静与耐力，两者不可或缺，那个神秘的主宰也许并不在意狂热与理性的交替轮回，它们互为因果、相互推动，不断向高处攀登，当然也向低处滑落，甚至滑落到深不见底的深渊。

傍晚的天色凝重，阵阵凉意昭示着新季节的来临。人们经历了什么？又期待什么？

《人们的梦》悄然响起，空气中开始弥漫温馨却也忧伤的气息。

存在即合理，需要即原因

周末的傍晚寂静清澈，这是大自然慷慨的赐予，让喧哗远去，甚至情感也退居到某个角落蛰居。一切平静下来，一切回复到原始的状态。

如同人们为生活制造了太多的物品，思考也超出了思想的需要。

存在即合理，需要即原因，人们的行为哪有那么多的思虑，简单即是好。生的征程已经足够漫长，思考太多绝对是难以承载的负累。但是人们是如此勤勉好思，甚至连周末都不放过，谈论着经济的走向以及房地产。

也许解决的办法很简单，如果人们放弃投资理财、发财致富的欲望，放弃货币在假日休息，放弃周末在楼宇间衣冠楚楚地贩卖房子，人们的紧张思虑也许会减少许多。当然，这仅仅是个假设。人们冲动的神经以及无尽的欲望，即使不为货币或者房子疯狂，也会为突然冒出的什么事项发疯，就像周期性发作的癔症，周而复始，任谁也阻止不了。

让理智放假身体放松

月圆之夜与激动的情绪。

据说在月圆之夜，人的情绪容易激动，激动的情绪与潮汐涨落有关，而潮汐涨落的原因在于月圆，真是奇异的循环！人的血压此时也跟着升高。当然，人的血压在此时升高不完全是月圆引起的潮汐涨落之故，亲人团聚快乐，以及夏季过去、秋季到来，几种因素综合在一起，血压暂时不能承受之重，升高了。

至于情绪激动到什么程度？因人而异，反正都要激动一番的。有个少数民族还发明过一个久传不衰的舞蹈：阿细跳月，异常欢快而单纯，鲜艳而明快，让人感觉世界美好，即使虚幻也值得留恋，质朴得令人忘记了所谓的科学和种种道理，与月圆美景共存。

为防止情绪激动，有很多方法，总体上都是违背自然的。既然潮汐都跟着月亮涨落，激动的情绪又何须抑制，让理智放假、身体放松，有什么不好呢？我看很好。

生之征途上永远的期待

读完最后一页，窗外蝉鸣声声以及茫然的夜色，时间无边，空间无际。一个远非达到完美的社会，以及携带满身弱点却也不断追求完美的人类社会，只有死亡是永恒的，这是一个悲观的观点吗？回顾白天的喧嚣以及世界上正在发生的种种事端，这仅仅是个普通的论调而已。

而生命，生命却给了我们认识和改善社会，以及改善和完善自身的机会，尽管这个过程本身也是不完美的，或者，离完美永远相差十万八千里，但是并不妨碍人们不懈追求，和自身抗衡，和不完美的人性抗争，在谋求社会最大福祉的征途上，生生不息！

仰望星空，生命的限度以及生活的多样，这个世界一定存在更加美好和温暖人心的东西，那是人们生之征途上永远的期待，人类社会发展经济、创造财富也一定是朝着这个目标行进，尽管人们经常被打扰，也易误入歧途。

那个神秘的主宰以轮回相赠

想象力也叫作想入非非？今天，无疑是个想入非非极好的日子。

明媚的阳光从早到晚，仿佛昔日重来，我们出生的若干年内每一个春天的好感觉，都来自澄澈的天空和明媚的阳光，清晨的树影斑驳以及傍晚的晚霞春色，还有春天泥土的气息，以及春蕾绽放、娇颜欲滴！还有很多的美丽无言。

单纯是美好的，彻底的单纯之爱没有原因亦没有未来，因为单纯不需要未来，只活在现在。被现实主义浸染太久的灵魂无法容忍没有追求的生活，就像一个浪漫主义者总是嘲笑精于算计的人。他们存在着，都被阳光照耀、都感受着春天的花香鸟语、都在探试生命的真谛，行走在同一条道路上却彼此侧目。我想，他们都是单纯的，生之漫漫征程使命不同，感受互补，以轮回相赠。

金融加杠杆形成的时代特色，一定会成为时代笑柄。金融杠杆的刀光剑影印证了金融的虚拟以及金融符号的虚幻。金融加杠杆把人们推向自由的边缘，又把人拉入无法解脱的窠臼，犹如莫名其妙的爱情，与异性产生紧密的联系，死去活来，自由尽失，竟然衣带渐宽不悔。

投资品是人类社会可有可无的发明，却发挥着近乎毒品一样的功能，这个世界上的事凡是和投资联系在一起都无自由可言，一旦陷入投资场，精神和感觉必须专注无骛，彻底放弃自由的感觉以及自由的行为。喜欢投资意味着敌视自由，虽然这个观点有点偏颇，放在现实中却一定是接地气的判断。

马克思语录及其对纸币的评价

马克思说在谈到股份公司的进步作用时说，假如必须等待积累去使某些单个资本增长到能够修建铁路的程度，那么恐怕直到今天世界上还没有铁路。但是，集中通过股份公司转瞬之间就把这件事完成了。

马克思说，凡是资产阶级已经取得统治的地方，它就把所有封建的、宗法的和纯朴的关系统统破坏了。它无情地斩断了那些使人依附于"天然的尊长"的形形色色的封建羁绊，它使人和人之间除了赤裸裸的利害关系即冷酷无情的"现金交易"之外，就再也找不到任何别的联系了。

哪个时代更进步？谁比谁更偏激？谁是教条，谁又是教条的制定者？谁在创新，谁又在以创新的名义老调重弹？也许，夜晚是不需要疑问的也不应该疑问的。

信用创造之父约翰罗认真地写道："我想象不出来，不同的国家怎么会同意赋予某种东西（例如白银）以假想的价值，用它来表示所有其他商品的价值；想象不出来怎么会接受这种与所交换的东西价值不等的东西；想象不出来假想的价值怎么能保持下去。"

看看当代吧，想象力无限膨胀的当代社会，人们已经开始肆意赋予任何东西以价值，忽略实际的效用，或者实际的效用已经隐藏在华美的包装里，和欲望共舞，忘记了效用本身。

从高耸的楼房到挂在手腕的珠子，或者被时间和文字过度美化的碗和盘子，以及已经属于保险公司高额赔付范畴的名人身体的某个部位等。在约翰罗时代耗费心智解释的信用货币，在当代要想搞清楚越发困难。人们正在遗弃价值和效用这些务实的判断标准，也许叫作令人惊异的变化吧，既匪夷所思又熟视无睹。

马克思如此评价在空中飞舞的纸币：信用制度所固有的一种性质，既助长投机、冒险、欺诈和吞并活动，"把资本主义生产的动力——用剥削别人劳动的办法来发财致富——发展成为最纯粹、最巨大的赌博欺诈制度，并且使剥削社会财富的少数人的人数越来越少"。

生活在时代中的人，真的喜欢自由吗

"没有一个词比自由有更多的含义，并在人们意识中留下更多不同的印象了。"

十年前，茶余饭后曾经思考过这个词，随即忘了，这也许是关于自由及其行为最好的解释。十年之后，在喧嚣繁忙之后，关于自由的理解也没有进步多少，更谈不上深刻了。深陷社会中的人也许对不自由有着更深的迷恋，虽然口口声声宣称热爱自由。就像爱上一个人，迷恋的是自我感觉。

世界上说不清的事很多，自由是其中之一。十九世纪，哲学家们争论的政体、选举权以及某种形式的生活偏好，在这个时代已经演变成房子、金融以及各种投资品了，人们对严肃文学以及哲学并不是特别感兴趣，感兴趣和被关注的是房子、金融以及各种投资品，并且加上了各种各样的杠杆，虽然人们并不需要那么多的房子，也并不需要那么多的金融，甚至也不需要那么多匪夷所思的投资品及其工具。

房子本身遮风避雨的居住功能被金融化后，人们的自由和想象力基本被金融机构绑架了。一个背负债务的家伙大谈自由不仅会让银行不放心，也会让房子的合伙拥有者失去安全感。但是，这个时代的人们还是乐此不疲地建房子、交易房子，仿佛被房子束缚是生命的一种乐趣，自由不如房子更值得争取，从某种意义上说，房子是反自由的，这个时代的人却心甘情愿。

2018 年会有哪些不平常呢

成见无处不在，每个人都是从渺小的自身看待问题，还由于即使看得全面了，还是有可能被反复无常的人性打乱。

2018 年会有哪些不平常呢？

季节轮回、昼夜更迭的时光，可以承载一切，只是生活在其中的人坚强也脆弱，承载有限。对于从事金融活动的人，比较现实的问题是金融稳定以及如何做到金融稳定，各种政策制度和这个行业异常活跃的人，在去杠杆大背景下的生存之道、发展之道，从"脱实向虚"的泥沼中走出来，是个大问题。金融稳定是核心问题，解决这个问题可以缓解资本外流压力，以及去杠杆化带来的难题，至于会派生哪些问题，和现存的问题相比，只多不少，金融管理者存在的价值就是存在的问题，以及不断出现的新问题。

值得关注的问题太多，建筑业以及金钱的价格仍然非常重要。大量质量不高的建筑对金钱的消耗拖累了下一步发展，建筑业放慢脚步，短期内造成的痛为长期的好感觉奠基铺路。确实需要一个缓冲期冷静一下了，遍布各个城市如此之多的建筑，长相雷同、千篇一律，连同住在其中的人面貌相似。何以物质高度繁荣之后，人们的面貌却没有相应提升，当然美容整容是个例外。关于这个问题比较妥当的办法是放慢脚步，等待和容忍，建筑业和从事建筑行业的人都静一静，直到想清楚、积蓄足够的能量之后再干。

金钱的价格几何非常困扰人，往往聪明人在此问题上栽倒的更多。美联储是否加息仍然是个风向标。最近牛津的一个学者乔治·马格努斯判断，如果美联储的加息幅度超出市场预期，同时减税举措推动美国经济增长率在 3.2% 的基础上进一步提升，美国有可能重新焕发活力，会给人民币和资本外流施加压力。如果美联储加息成为事实，美元出现牛市，会带来大问题。好在这个世界上曾经存在无数个大小问题，人们的智力进化也退化。2018 年会怎样呢？安然和躁动频起频发，倒也没有影响人们吃饭睡觉，仅此而已，不知道今天午餐有牛肉炖土豆否。

还是让我们免于徒劳无益的繁琐论证吧

无论怎样进化，我们对自身的了解仍然肤浅，肤浅到气温稍有变化，身体就开始敏感，感冒、发烧，甚至患上让无数专家折腰的疾病等，但是这不妨碍人们自以为是，并且自信满满、底气十足，比如各类专家以及种种奇葩推论预测等，即使那些史上留名的大家观点随着时代发展，也需要不断推陈出新、丰富新思想，生活在当下的人能不能谦虚或者谦卑一些呢，至少在达成共识这件事上少花费一些时间。

如此之晚，我想我还是少一些见解，多一些睡眠。

高贵的服从

"说得对就接受，说得不对，也许是我不懂，需要加强理解。"接下去就不必再说什么了，温和的心情容易理解温和的解释，尽管某些事情离温和差远了！

权利及权利观念普遍存在于民主社会。一个伟大的法国人曾说：权利观念明确的人，独立而不显得傲慢，服从而不显得卑微。如果一个人服从暴力，他就会自我压制，自我贬低；相反，当他授权同意别人对他指挥并且服从别人时，从某种意义上说，他就高于指挥他的那个人。

高贵的服从，类似于人类情感的最高境界：愿意！这样的境界可以从人类社会著名的搭档中寻找，也可以从情人关系中发现，或者在动物世界中也会偶尔发生一个生命为另一个生命的献身等等。

但是，事情也许并不如此简单，甚至和人们通常的理解相悖，至少在等级社会或者民主渐进的社会中，这样的观念还需要假以时日。好在一些常理早已深入人心，比如"爱人如爱己，利人即利己"的思想以及团队理念等等。

对于某些事的理解永远存在分歧，千差万别，包括对权利这个充满争议的词汇。夜渐深，烟殆尽，晚安休息！

情感的仆人

当世界被划分为各种类别、界限无限清晰时，一定是书斋里的看法。尽管这个世界确实被那个神秘的主宰安排着，但他更希望看到他的孩子们率性而为，寻找属于自己的道路。

亚当·斯密认为：我们生活在一种现实之中，这种现实不是自然界，而是我们的心灵和想象对自然界的反映。与所谓的理性相比，感情是行为更为合理的源泉，也是更为可靠的经验。

斯密的见解到今天也具有指导意义。

更进一步讲，受感情支配的行为以及结果，让我们不得不接受各种宿命，我们是情感的仆人，现实可以部分印证判断：

比如对当下资本市场的各种判断，延伸至对各种投资品市场的判断。在所有关乎投资、风险及其收益的问题上，人们被强烈的感情驱使着，所有的客观分析研判在情感的洪流面前，都变得相当脆弱。时而如惊弓之鸟，时而牛气冲天地波动，经济学解释不了的问题，心理学甚至玄学登场，并且解释也很过得去。情感甚至偏见篡位，统御判断、左右行为，竟也成为现实，另类现实常态化是存在，并且是客观存在。

在各种充满矛盾、不甚和谐的表象之中，谁来调和？谁能让这些现象看起来协调，完成近乎伟大的妥协呢？也许是快乐吧？也许是适者生存。

V

生
活
随
想

生的千百种姿态

以及无限斑驳的日常生活

激发着生的种种感受

随笔记下

即使匆匆，即使并不经意

感觉还是和时间一起沉淀下来

目录

人们热衷于场景

2017 年的夏天很热。某些行业的人们很热衷于场景，热衷于利用场景牟利赚钱，于是诞生了各种矫揉造作的场景，宛如某类明星亮相，完全掩盖真实，被各种化妆术以及包装术美化，强调着感官的重要，仿佛人生是一场演出，即生即灭。

场景，被越来越多地应用，是出于商业上的考虑，还是追求戏剧效果不得而知，却越来越需要警觉，且很有必要知道。在吃喝拉撒睡这样可简单亦可复杂的人类基本需求方面，实实在在更有利于健康。文化和品位服从和服务于人的基本需求，如果制造的各种场景看重于牟利，无论文化还是品位的大旗举得多高，也无助于商业的持续繁荣，因为其中的怪味妨碍了发展。

因此，朴实很重要，厚道很重要，无论是小买卖还是大贸易。场景加体验，随时随地，一定要搭台布景吗？一定要故事引领吗？把简单的需求复杂化，在给世界平添烦乱的同时，也扰乱着心智，损害着判断力。

为了微小的满足浪费宝贵的时间，果真需要吗？

日常生活的各种肖像

记录时代特色的困难在于：如何体现庸常与平凡日子，每天都是盛典、每次都是盛宴的生活不是常态。在平凡中感受快乐，也许是更艰难的追求，没有目标却很淡然、没有约束却也节制。

究竟谁是快乐的呢？用什么方法可以得到快乐呢？

也许我们在经典中找不到适当的例子，不妨翻翻三流小说或者不合常理的虚妄假设。那些生生不息对生活充满幻想甚至妄想的作家杜撰的小说，体现着普遍的人性，有时是善良的，有时是丑恶的，时而是清晰的，多数时候斑驳杂乱，和现实比拼着生的真实与虚妄。

直播美化着无聊的生活、高利俘获着渴望获取更多利息的人们，沉溺于炒房炒股者研究着曲线图以及捕捉各种消息，无论来自正道还是小道，价值不菲的滋补品畅销于市，豆类亦成为养生新宠。七月流火，天坛祈年殿前的丹陛桥躺满了不畏炎热的人，据说汉白玉可以治疗疾病，堪比针灸。官员们忙着社会治理，却也无奈于躺在阳光下的病人们。

阅读三流小说的意义在于，无论穿行于胡同小巷还是步入殿堂，如果精神不随往，都不过是庸常的生活场景，如果追求宁静，则可以远离任何场景，贫乏自有其乐，富足亦有其忧，一切的寻找追随都在时间的烟尘中静默安然，无他。

吃东西可以忘记虚妄

　　一个专家预测说人的寿命可以延长到 150 岁，听了专家近半个小时言之确凿的论述，决定退出会议找个地方喝杯啤酒，这已经是这一年来将近第 9 次中途退出会议找地方喝酒了。我当然不是酒鬼，主要还是借酒压惊，尽快驱散那些虚妄的观点。

　　自互联网资讯盛行以来，各种讯息铺天盖地，都有道理却也未必尽然，或者离实际生活相距太远。以人类近乎没有尽头的欲望来看，做出什么事都有可能。回顾历史的烟尘，那些留存下来的文字除了温馨宜人之外就是毛骨悚然，各种观点不计其数，不计其数的观点消耗着精力，不如跳舞，或者做几道味道鲜美的菜。每天和喧嚣相处，吃东西可以使人忘记很多虚妄，包括各种不靠谱的预测以及人类可以活到 100 年以上的预言等。何必触及这些自人类诞生以来一直无解的问题呢？不如放下思想的枷锁，忘掉没有止境的劳作，无可无不可，还是吃完再说吧。

幸福，匿藏在每天的不经意中

　　百世即须臾只是一场春梦；万端观结局不怪千古人情。

　　在一个悲观主义的作品中，过眼烟云使用得太过频繁，也许正表达了作家的率真，他没有掩饰什么，仅仅是做他自己，想到什么就写什么，没有任何矫饰。当然，他也没有打算把作品当作商品出售，也不想与人共享。拿给我看，也仅仅是个机缘巧合，他认为我能懂。

但是在这些文字面前，我感到了从未有过的荒芜，甚至那些精美的家具和饰物都变得恍惚，窗外雾霭阻挡着黄昏，那些文字犹如幽灵般在雾霭沉沉的城市上空漂浮。沉思默想究竟还是打动人心的，也许每一个寂寞而多思的心灵，整天和各种数字报表规则打交道应该算是幸福的。是的，也许是吧，最通常的情况是：忘记了幸福，记住了数据！

在曾经的某个时间，忙里偷闲对幸福进行粗略的研究，结果多多仍犹如未果，也就放弃了，就像放弃过的任何事。在这个问题上谈论太多没有什么意义，还不如关注生活的点点滴滴，如火锅调料中辣椒的味道，或者彻底清理一下房间。

从一个严肃的话题瞬间过渡到具体的生活，能够过渡到具体的生活，就是幸福本身，如果幸福并非那么高不可攀的话。幸福匿藏在每天的不经意中，包括吃火锅谈论辣椒，或者打扫干净的某个角落。仍然对火锅充满兴趣，他并不虚无，也拥有自己的幸福。

对大蒜的喜欢犹如一见钟情的爱恋

春天的气息迷人，最迷人的气息也包括各种蔬菜的味道。尽管我不那么喜欢吃蔬菜，却非常喜欢蔬菜的味道，新鲜大蒜的味道更是独特而迷人。

大蒜可能只能算作调料。我不是美食专家，况且喜欢大蒜离美食专家还相差十万八千里。忽然诞生对大蒜的喜欢犹如一见钟情的爱恋，谈不上久远却是真心实意。

放在香肠里、放在芹菜里、放在肉馅里，或者干脆直接放到嘴里，为了口腹之欢可以放下累人的矜持，既然真情实意可以脱掉外套，放松开怀也尽在情理之中，一瓣两瓣，一头两头，我看喜欢是不必计数的，忘掉了节制，记住了喜欢。如果谁不了解什么是人性和任性，可以吃两头大蒜，或者类似大蒜的食物，只要喜欢得不得了，不用管暂时还是久远。

浏览关于大蒜的种种好处，当然还有不妥当的地方，犹如关于一见钟情的比喻，爱就爱了，其他免谈。

爱唠叨以及强身健体

爱唠叨确实不是一个褒义词，它是一种重复表达。人类表达的天性促进着生命的延长，也许是顺乎自然。所以，对唠叨的诸多好处加以认识，或者强化认识，就不仅是科学问题，亦关乎个人的强身健体。

人到了一定年龄，具体到了哪个年龄尚不清楚，说话就变成了享受。这个时代最有名的作家之一刘震云曾经大致讲过这样一句话：爱就是找一个可以说话的人。可见，说话或者唠叨，需要耐心的倾听者，并且可以上升到爱的高度。当然这也说明，表达或者唠叨，即使出于爱，也并不是一件容易接受的事。

从已知医学的角度看，唠叨的好处多多。中国中医科学院研究员杨金生认为，爱唠叨是长寿秘诀，本人也深以为是。唠叨可以调动记忆功能和语言表达功能，对过去经历的重复回忆不仅锻炼着脑细胞，同时也强化着情感，爱唠叨的人基本上都重情重义。过去的忘不了，无论是爱恨情仇，还是家长里短都挂记在心。无论怎样都拥有着，像拥有财富般拥有，没有放下就是得到，唠叨发挥着强化的作用。

另外，据说经常说话的人，能使口腔肌肉和咽喉得到锻炼，非常有利于保持耳咽管的通畅，使耳朵内外的压力保持平衡。现代人的耳鼻喉承载着人体繁重的劳作，唠叨对于耳鸣、耳聋有保健作用。说出来总是好的，人在说话时会带动眼肌和三叉神经运动，还可防止老花眼、老年性白内障和视力减退。既然唠叨有如此多的优点，那些唠叨带来的烦恼则完全可以忽略不计。

如果爱唠叨加上爱喝茶，或者爱喝茶加上爱唠叨，其他强身健体的方式基本可以成为可以忽略的事。

爱，传承的基础

爱，传承的基础，有爱才能坚持。传统服装中的旗袍承载着爱，承载着人间的繁复与精致，也承载着对美的追求，而制作旗袍的人，一定是极具才华且对人的理解达到一定高度的人。

而她是那么谦和温柔，京式旗袍传承人李侃的语调温和亲切，专注的神情令人着迷，精美的旗袍来源于专注，也来源于见识广泛后的波澜不惊。她用她的理解和技艺装点着这个时代的女士，时代在变化，而凝练庄重、矜持大方的东方风韵长盛不衰，这就是服装中的文化吧，毫无疑问。

一件旗袍只是一件衣服吗？在旗袍着身的时刻，身体情不自禁开始挺拔，仿佛身体的各个部位都得到暗示，汇聚精神变得庄重，甚至声音也开始变轻变慢。环境塑造人，服装也同样在塑造着人。服装的样子就是身体的样子，裹挟着思想四处游走，传递着感情和精神，我们年轻的时候需要服装，不再年轻的时候需要旗袍，精力散漫的时刻更需要旗袍来调试，李侃和她的技艺带来的宽容美丽，彰显着时代精神，质朴、厚重、令人着迷。

李侃，北京市非物质文化遗产"双顺京式旗袍制作技艺"第三代传承人，技艺精湛、质朴谦和，让我领略了爱与专注。

（致谢美丽率真的邓海燕妹妹，让我结识李大师，触发我对服装的思考，以及少时曾做过的裁缝梦。）

服装，精神的外在体现

楚楚衣冠，既是对自己的要求也是对他人的尊重，当然，服装也彰显着身份。尽管民主社会一直在强调着平等，但是基于人们认识上的差异以及对待自己的不同态度，服装发挥着阶层分辨器的作用，区隔着人们的认识和地位、阶层和状态。

看起来花哨缤纷的潦草服装反映着心态。互联网以及模仿技术的盛行，让人们在穿戴上潦草而多变，原本不需要那么多，却总觉得少，直至迷失在千变万化的服装海洋中，成就着多样化，损失着风格。

一以贯之的传承需要坚守也需要耐心，世间诸事莫不如是，服装亦不例外。服装关乎政治也关乎文化，中山装传承百年，记录着时代也记录着领袖们的梦想与襟怀。红都制衣张培总经理的语气舒缓有度，亲切温暖，他说：

"中山装的衣领为翻领封闭式，寓意'严谨治国'；四个口袋分别代表礼义廉耻，也就是国之四维；五粒纽扣代表行政、立法、司法、考试、监察，后襟连为一体代表国家不分裂。"

前些年看《走向共和》电视剧时，曾经对此有些了解，听了张总介绍对中山装的理解更深一层，它承载着几代领导人的尊重与传承，彰显着思想的定力与庄重。

"给领导人做衣服"，也给普通人做衣服。穿衣服的人想必也要调整好思想和情绪。每个人都想针对自身特点，实现"Only for you"，却不见得具备与之匹配的精神风貌。对于在批量化制衣的时代成长起来的一代人，回归独具个性的"Only for you"，思想上可能还没做好准备，首先不能太随意，其次不要追求高效率，最后还要节制修为，举手投足皆有度，衣服的品质反映着人的品质，特别是着装者的品质，需要提高。

这是一个过程，漫长的过程。

花布，承载着钢筋混凝土的分量

变化的季节以及天气，不能辜负的好时光！清冷异常，穿上毛衣仍然需要温暖，淅淅沥沥，有节奏的单调，仿佛这个世界上存在很多事物。

身体需要安慰，对温暖的需要，提醒着感官作为人的第一需求，无法超越，至少在生的这个层次上永远位居第一。

雨让街道变得宽阔，树木葱茏、安详又静默。不带雨具安然行走的英雄路人，心中一定澎湃着少有的激情，激发想象和灵感。也许没有我想象得那么复杂，为了生活中的鸡毛蒜皮，在雨中消解也很有可能。

灯火通明、顾客寥寥的商场，表明雨阻挡了人们购物的热情。橱柜中展示的丝巾昂贵惊人，一块花布，或者比较著名的花布，无论如何也值不了那么多。如果想想，这块花布承载着钢筋混凝土的分量，还承载着模特的身价以及各种运输车辆的费用等，理解起来就没有那么难，购买昂贵的花布也可能是一种了不起的义举。现代人总是在不知不觉中了解一些定价常识，其实了解多了未必是好事，犹如把神拉下神坛，总有几分莫名的失落。买还是不买呢，一块价格不菲的花布？

类似的还有匪夷所思的饰品，如果坚持不懈地昂贵下去，展现恒久的坚持，昂贵本身并没有什么大不了。遗憾的是折扣，相当低的折扣，是向买者的示好还是身价可疑？那些服装呢？服装是一种自我表态，传递着自我，塑造着自我形象。也许裁缝们没有想这么多，做成衣服就是成功，所以到处陈列着远看美丽宜人、近观粗制滥造的服装，浪费着无数的布匹，背后是棉花，再背后是人们付出的辛勤劳动。

不能卸任的旧大衣

一件大衣承载着主人的气息，岁岁年年，把质朴变成高贵，把陈旧变成情感，还有不尽的舒适与亲切，仿佛爱上一个人，亲切得只想靠近，再靠近。

一件旧大衣？经年的历练厮磨，情浓爱意生，不能舍弃！即使衣袖磨损，颜色褪去。旧大衣，承载着我们曾经存在的岁月。一切都是熟悉的样子，平复着雾霭中的周末沉思。有亲有爱，舍不得、放不下，联结着过往岁月的千百种情义。唯此独爱的旧衣每个人都有，是"人世间百媚千红我独爱你"这一种的拥有。如此拥有、如此偏爱！是偏爱吗？当然是。

北京的秋天来了，树木静默深邃，消散着白天的喧嚣，也掩藏着人间不尽的花红柳绿，就像衣服对于人，怎样理解呢？人们的想象力派上了大用场。

一件令人无限眷恋的旧衣，除了承载情感，关键还在于具有不衰的风范，越穿越得意，决不偏激也决不前卫，看起来纤瘦一些、高挑一些，谨慎护卫着主人的年龄。衣服本身的质地轻薄温柔，能够很好地隐藏多余的脂肪，诸如还有使颈部变得修长、双肩变得端庄等，给优雅这个用滥的词汇赋予与众不同的新感觉。

显然，这是一件被高度美化的旧衣。不过，如此的珍重非常难得，而所有的难得都是需要珍重爱护、相守相惜的。如此的惜和守，一定是情感发挥了作用、发挥了绝对的作用。承载着岁月的风雨和欢颜，记录着与岁月为伍的身体，磨破的边线更是散发着亲切的味道，沉默地证明岁月不改美丽的样子。

什么能取代呢？根本不能出现取代这个词。

并非所有的陈旧都需要摒弃，其实，这里才是时尚的本源。因为，除了物还有情感，而情感必须经过时间的凝结，时间赋予物品生命的灵魂，理所当然地好，毋庸置疑。

中医推拿术

风邪湿热，内外有别，外邪易治，内邪难调。这些语汇既具体又神秘。中医推拿术疗风邪亦疗情智，只是需要时间，在等待和期盼中历练着耐心，缓慢祛除着了无形迹的各种"邪"，具体包括六种：

风、寒、暑、湿、燥、火组成大自然的"六气"，人体亦有"六气"，若"六气"过盛，则侵害人体即为"六邪"。状态之间的转变犹如阴阳两面、利害双方，对立着却也和谐相处。精神恍惚之中，过往都有嫌疑，寒冷中的热情以及穿衣戴帽的潦草，执着与倦怠等，怎么可以责难"六气"？"风为百病之长"？不对，人的不适当思想和行为才是百病之长，风无过，寒暑亦无过错，一切都是人的错，冒犯"六气"以致"六邪"。

中医推拿术缓慢有序地推动着身体肌肤，给身体以力量亦如安抚，轻重有度；如果变成文字似乎太复杂了，如果直接感受疗伤祛痛似乎极其简单，只要记得所有简单的背后都是不那么简单的经验积累就是了。身体怎么可以有如此多的痛点和穴位，感觉为什么变得如此多愁善感？被一双手触摸推拿的刹那，各种感觉被动员和惊醒，敏感而无助，躯体承载着怎样的重负，如果没有中医推拿术，还有什么可以疗伤医痛？

端详着墙壁上悬挂的人体解剖图，被各种思想牵引的人竟是这样一副模样，恐怖之极、毫无美感，由各种血淋淋的器官、肌肉和骨骼组成，无论从哪个角度看都充满了恐怖。看来缺乏自知或者自知甚少成就了人类的胆大妄为。人们总是先入为主地以为自己会怎样，世界会怎样，其实终不过是简单却又复杂的血肉之躯，离开"六气"什么都不是。

如果希望自己平静下来，就做一次中医推拿术。

刮痧

外邪侵体，一刮了之。

既朴素又复杂的中医神秘而实用，对人体经脉的归纳整理清晰分明，就像这个世界所有客观存在的事物，不必附加浓厚的情感色彩。从中医的诞生时刻起，应该都是满怀悲悯的吧，一切从实践中来，日积月累地医伤治痛，大爱无言，一切均在行动中。

刮痧在中医世传中有多种手法，通过强制刺激经络，达到解毒祛邪、清热解表的作用。"急则治其标"，莫名其妙的不适不妨刮痧，简单易行，见效迅速，很符合追求效率又对身体不怎么关注的人群。活跃感官的娱乐越来越多，披上节日的外衣更加顺理成章，喧嚣无度倒也是常情，谁会放弃当下的快乐思考看不见的未来呢！直到身体反抗的那一刻，刮痧等中医疗法才显得重要，甚至不可或缺，肉身之躯既需要娱乐也需要调理，防止外邪侵表，妨碍欢乐，当然更妨碍工作以及继续扩大再生产等生存之必须。

据说健康人常做刮痧可增强体表护理能力，发热鼻塞流涕等轻微表征是外邪侵表所致，及时刮痧就是及时祛除表邪，防止外邪蔓延进入五脏六腑，进而生大病。

小中医手拿简单工具认真"驱邪"，犹如制造某种物品用力而专注。疼痛与好奇混杂着联想，那些奇怪的外邪在不知不觉中被刮掉了，留下不忍目睹的淤红斑痕，仿佛经受了严重的酷刑，和经受酷刑不同的是，不是一蹶不振而是精神焕发，活力再现，如此之好！

如果外邪入侵，可以感受一次刮痧。

相信身体自卫的本能

对医学一知半解的研究以及收集散落于不同专著里只言片语的描述，是非常迷人的消遣，值得花费时间，也值得反复沉思考量，人类健康进步的每一个台阶都布满荆棘，甚至伴随着虚妄。

十七世纪临床医学代表人物托马斯·西德纳姆依据大量的临床经验为疾病作出如下定义：自然用除去有害物质的想法，尽全力奋斗，以恢复病人健康为目标而努力，发烧不是一种病，只是组织的自卫方法。时间行进到当下，发烧不仅是一种病，而且是需要花费不菲资财治疗的病症，身体的自我调整只能默默躲在角落修复，和各种医药做抗争，结果未定。

人类进化到今天，发烧发热之类的大痛小疾靠身体自我防卫仍然是最好的方法，远离煞有介事写处方开药的医生是明智之举。就像日常生活中的很多事，不必听信言之凿凿的推介和宣传，正如托马斯·西德纳姆关于疾病的定义，人们要相信身体自卫的本能，我们所有的谨慎、珍重甚至胆怯都是天赐的屏障，无论精神还是肉体，都有一套自我循环护卫之策。

类似的观点可以应用于养生和美容。从古至今，养生方法不计其数，最后还是消失在时间的长河中。顺其自然、安之若素，随时接受和岁月同步的自己，比吃补品、涂面霜更重要，精神态度始终影响着身体，用精神促进健康这个比较老套的说法，总是新意浓浓，只要认真看了、认真想了，落实在行动上。

水是文明的第一要件，火也是文明的第一要件，虽然它们不相容却都是文明的基础，在进步的道路上，水使身体干净，并且通过大量饮水清洁着身体内部，循环掉各种冗余杂物，还身体清洁轻盈，伟大的临床医生对人类健康的贡献，需要铭记，世世代代。

对营养学的普遍认识

如果按照营养学家的建议进食，一日三餐很可能变得索然无味，千年传承的菜系以及火锅的上百种吃法也许会颓然绝迹。需要了解一些营养学知识，但也需要变通，循序渐进。

按照大自然的安排，一切章法有序。为什么我们吃着同样的食物，身体和思想却千差万别？一块面包提供的能量大致相当，为什么在不同的人身上，却散发着截然不同的活力？有的人可以奔跑几公里，而有的人上楼梯都气喘吁吁？人体对食物的反应复杂难缠，即使最现代的科学研究也仅仅处于初始阶段，倒不如古老的中医，遵循自然，辩证变通，以百草疗伤，医养同源，充满迷人的魅力却无法言尽。

在复杂和简单之间，要理解食物供给吸收的能量困难异常，不去思考倒也简单无比。喜欢你喜欢的就是遵从自然，也可以理解为神秘莫测的道法。当下生活在楼宇之中的人，可能是和土地离得太远，或者忘记了生养的土地和根基，喜欢用绝对的语言传播观点，遍布各业的养生保健受到挣钱趋利的影响，如江湖骗术般夸张虚浮，使人们陷入各种痴迷而不醒。

有足够的能量才能抵御寒冷，保持旺盛的精力和活力需要充足的食物，限制能量对于某些疾病具有控制功能，没有人反对这些道理。关键是平衡，古老而神奇的平衡。没有足够的能量如何繁殖抵抗？没有足够的休养生息，如何积蓄能量？在这些问题之外，大自然还有其他的安排，精神的、感情的等等，精神和物质共谋，成就了人。对于某些人要了解：腿部脂肪是力量的源泉，腹部脂肪过多会导致高血压和糖尿病以及对心脏不利，而脸部脂肪是最好的美容剂等。分布和平衡问题由季节决定，处于生发阶段的万物自我调节，方式多样，至于是怎样的方式，这个问题最好放一放。

体重渐长，这是好事

"体重渐长，这是好事。"

再也没有如此的问候更温暖人心了，这几乎是这个时代最通情达理的问候，也渗透着爱与宽容，以及纵容，最深切的爱莫不如此！

瘦是时尚。不知道从何时起，节食成为时尚，瘦成为追求。也许这个时尚反映着时代特色，在物质极度繁盛的时代，保持苗条适度的身材可能代表健康、节制以及不过分为难缺乏创意的制衣业等，当然，也可能包括吸引异性此类不太容易说清的原因。从感官的角度看，消瘦苗条可能带来的轻盈飘逸确实值得追求，至于感官带来的其他好处不一而足，瘦成为时尚一定有它的理由。但是，另外一个认识不太愉悦。

瘦很残酷。是的，瘦非常残酷。一个伟大时代的显著标志是物质丰裕，食品极大丰富。人们可以从超级市场的物品种类感受贸易繁荣带来的变化，从德国的巧克力到波多黎各的果汁，从印度的魔鬼辣椒到澳大利亚的牛肉或者韩国的泡菜，再加上本国从南到北不尽的美食，面对如此丰富的食品，很难保持哲学家的淡漠，况且据本人观察，哲学家不仅有很好的头脑，更重要的是都有强健的胃口，几乎从来不和自己的胃口作对。在人生这门学问尚未参透之前，先对自己节食，太过残酷，还是不要自我折磨为好。

就像这个世界上很多似是而非的问题，对待时尚或者瘦与胖此类关乎感觉和感情的问题，最好还是先征求你爱的那个人，或者爱你的那个人，看看他的态度，如果他明确表示"体重渐长，这是好事"，我们尽可以放下思虑的重负，让自己的身心沉浸在饮食的愉悦中，从早到晚一次都不能少。

恒定的腊八粥

特定的季节及特定的日子，祭祀祖先和神灵。敬天地畏鬼神，信仰以世俗喝粥的形式存在，腊八节里腊八粥，全民同庆、长盛不衰，无论在外面宏大叙事还是家长里短，回到家里一碗腊八粥，窗外尚未消融的白雪以及冬天的冷，一碗粥的味道温暖周身，让信仰变得具体。

空空荡荡的灵魂需要信仰、需要依托、需要证明和被证明。热情也需要一个发泄或者承载的地方，从远古到当代，挑战想象的人类发展史，起初是为了吃饱肚子，然后是为了衣食无忧，再后来是为了舒适或者离舒适越来越远。目标越来越可圈可点，梦想也越来越丰富，犹如腊八粥里果实和谷物融合，被赋予了太多的意义。

在周而复始的遗弃与恢复、摧毁与重建的时代变迁中，也许，一碗粥的味道是最恒定的。于淡漠中散发着温暖的味道，理所当然地存在着，既供奉神灵，也给养众生。

春节犹如人生某种宏大一致的目标

"人们越是对细节部分进行思考，就越会感受到这些原则的确切性。然而我并没有讲述所有的细节，因为有谁能尽其所有而毫不厌倦呢？"

是的，对细节的忽略简直是对自己的奖赏！不厌其烦地被细节裹挟，对于生活在社会中的某类人，简直是一种磨难。现实是，人们还是陷入各种细节难以超脱，近如庸常的生活，远如久远的故事以习俗的形式延续下来，变成生活的规矩和常态。

春节，仿佛365天的日子唯此最珍贵，人们投入了全部的心思和精力，繁忙而浩大，虽然飞机和火车取代了飞马加鞭，但是过节的心情是同样迫切的。春节犹如人生某种宏大一致的目标，奔流不息，一直向前，人们真正爱的也许就是那样一种在途的感觉。至于细节，拥挤的时刻最好忘掉细节。

家常琥珀辣椒的味道

辣椒，蔬菜中的佼佼者，如果这个世界没有辣椒，世界会少了多少味道？那些关乎激烈、激情、火辣以及婉转的热情，没有了辣椒，人的性情和健康也许都会受到影响，至于多大的影响我不知道。对于本人的影响一定是非常大的，要么变成胖子，要么骨瘦如柴，肯定不是现在这个样子。

家常琥珀辣椒的制作独具特色。不同的厨师自然口味各异，绝非标准化产品。所有关乎衣食住行都要强调特色，遗憾的是，房子不能自己盖，衣服自己没时间做，交通工具太复杂不会造，只好在吃上做文章，哪怕是小文章也可以发挥大特色。在可以自由发挥、自作主张的餐饮问题上，每个人都有发言权，并且是绝对的权威和特色。

辣椒要选择中等规格、长相漂亮的，关乎感官的体验漂亮绝对重要，清洗晾干。选择麻油烧热放入辣椒三分钟足以，同时放入四川的大红袍花椒。辣椒皮泛起类似琥珀样的斑点时捞出，放入生抽、姜丝以及少许陈醋五分钟之后即食。啤酒、辣椒、米饭，豪情逐渐聚集。某个哲学家说依靠酒精激发的灵感是苍白的，即使是苍白的灵感也是灵感，对于大多数资质平庸的平凡之辈，酒助豪情有总比没有强。在我们的先辈中，唐代大诗人李白也是经常饮酒的，是否吃辣椒就不清楚了，琥珀辣椒一定没有吃过，这是不需要考证的。家常琥珀辣椒的味道妙不可言，更妙不可言的是辣椒加啤酒激发的顿悟。如果兴致尚好一定要奖励自己琥珀辣椒，好感觉甚于读书。老妈来电：不许吃辣椒以及刺喉痛。

栀子花及金银花

因为喉痛，栀子花、金银花以及黄芩，这些美丽馨香的植物名字映入眼帘，而它们本身也悄然医治着病痛。每个 8 月的月末，都是身体不胜末期暑热，开始发病的时节，不管忽略还是关注，总是不免一劫。

喉痛，需要静养，任何一种病都需要静养，喉痛静养还多了一层原因，避免说话。但是，一件看起来容易的事做起来却很难。人生的大部分时间都在说话中度过，无论是箴言还是废话，谁都不肯闭嘴，即使惹是生非，即使废话连篇，或者絮絮叨叨令人厌烦，人们甚至为说话发明了话语权，人类所有权利中最值得怀疑的权利。人们说了又说，不惜为说话付费，创造了无处不在的电信公司以及眼花缭乱的各种手机电话。我又有什么不一样？喉痛，无非是身体发出的严重警告，需要休息了。

这些由花朵组成的药及药名，传递着制药者温馨的诗意，就像世间所有的温馨与诗意，唤起清新的期待，那么好！

淋巴细胞，人体的御林军

淋巴细胞，人体的御林军。

古代皇帝为防御外来之敌、对抗内部之乱以及保卫自身安全，训练一支听命于自己的军队，锦衣护卫，忠诚精良，骁勇善战。淋巴细胞，在某种程度上就是人体的御林军。

人类在和自然相处的过程中，并不总是和谐圆满，身体需要应对外界环境之变，为自己营造一个安全畅通的环境。那些尽职守则的淋巴细胞，每日排斥异体、杀伤病毒，征战于无声的战场，执行免疫职责。而人类并不自知，只是听凭感觉肆意妄为、挥霍无度，直到"御林军"溃败，才肯省悟。

也许任何征战之士，都是忘我的。人类的意志从来没有歇息，"御林军"也无能为力。朝代更迭，物换星移，人们生生息息，淋巴细胞忠诚护卫，还是受到牵制，而那些莫名的牵制，谁能说清？

需要说清楚吗？我看不必。如果哪一天人类真的清楚了，更大的困惑也将同时诞生。

白头翁的药用及其理解

李时珍是个趣味非常的人，对医药的趣味、对人的趣味以及对各种植物变成具有疗效药物的趣味等。大千世界非常之物实在数不清，所以李时珍把能够认识到的本草列个纲目，供后人参考。

网络的发达为后人提供了比较、参考的工具，当然这个后人主要是指习惯在网络上"流窜"，身居高楼且心神不安的当代人，被层出不穷的发明创新及其观点搞得晕头转向，越来越自负，却越来越担不起大自然的风吹草动，直至各种毛病接踵而至，说大不大说小不小，成就着繁琐而昂贵的医院，病人川流不息，医生应接不暇，演绎着这个时代的医患故事。

小病大治属于政治家的伎俩，换成老百姓有可能是怕死或者防患于未然。无论哪个原因都在抬升着医生的重要性，甚至各种改革也改变不了现实。这个现实不仅仅是当代的现实，在法国的路易十四时代福笛就说过，花在庸医上的钱可以偿付全部债务。但这并不妨碍这个判断世代延续，如果能够看看《本草纲目》可能解决一些问题，例如白头翁治疗牛皮癣。

从李时珍的记载来看，这个还算漂亮的植物被冠以"白头翁"之名主要是形似丈人，并且似田野之间的白头老人，如此取名甚是有趣，具有明显的农耕时代特点，当然也是男权时代的心理反应，或者更有时代特色以及对生命的顺从等。接着读更是有趣了，非常有趣！(《读本经》下品)【释名】野丈人(《本经》)、胡王使者(《本经》)

读《本草纲目》，如此之好

言简意美，意味悠长！在《本草纲目》诞生以及传承的过程中，不仅满是对自然的倾慕与热爱，还充满着说不出的诗情画意，缓解着疗伤之痛，也缓释着生之虚无，字字浸染着优美和耐心。

《本草纲目》【集解】颂曰："处处有之。正月生苗，作丛生，状似白薇而柔细稍长。"白头翁又称奈何草，这种植物很平凡到处都有，遗憾的是当代人都被圈于楼丛之中，只能在书中寻觅、观看图片。

"叶生茎头，如杏叶，上有细白毛而不滑泽。"对形状的描述简洁形象，而纤细的白色毛毛"不滑泽"也许意味着不是特别顺从的感觉，如此激发联想，"不滑泽"绝对是完美的形容！

"近根有白茸。根紫色，深如蔓菁。"看到这样的语言，或者有了这样的语言，在过去的时代没有图片也没有什么遗憾的，感觉和记忆共同筑起的形状，根植于内心，图片反而束缚了感觉吧？

"其苗有风则静，无风而摇，与赤箭、独活同也。""有风则静，无风而摇"，应该纠正还是应该保留如此执着的想象力？这样的无风而摇撩拨着多少充满活力与渴望的身心？匿藏旺盛生机的大自然，给予无数生命以神秘的暗示，白头翁以其深如蔓菁的根基，柔细"不滑泽"的白色毛羽，潜伏在民间疗伤医痛。

对美好事物倾心，是爱的一部分

对美好事物倾心，是爱的一部分，而装饰可以部分实现美好，同时也就接近了爱。各种装饰满足着人们的愿望，像任何事物一样，不需立即满足，就像儿童等待一个童话剧，有点耐心才好。

一见倾心是了不起的天赐机缘，我们未必每件事都如此幸运，所以耐心等待或者追寻成为必不可少的修炼。之所以选择"修炼"这个词，也许在表达等待或者追寻的不易。

时间可以把期待糅进感情，可以把喜欢变成珍惜，这些都是爱的重要组成部分。比如摆放在房间某个位置的家具或者饰物，形成氛围，留住情感，凝固岁月。时间和人共同成就着亲切和熟悉，也成就着人们对这个世界不尽的留恋，世世代代，很亲很近！

好奇与日俱增

每一个时代，人们都在努力表达着生、表达着自己。

传承与创新、个性与时代，既充满矛盾又孕育和谐。解决烦乱者"觿"，正房为"堂"，"觿堂"及其文化表达着认真抑或庄重？传统抑或新生？望文生义带来的好奇与日俱增，我要见堂主！

生活在时代中的人，通过各种形式表达着他们的主张，并不断地加以物化，让那些可能转瞬即逝的思想和情感永久存在。觿堂的建筑颇具特色，外观简约，回廊蜿蜒。文化也许就是如此的各具特色吧，在封闭与开放中交流互鉴。那些中式桌椅正襟严肃，而灯光则给人以恍惚之感，极具温柔。当我的想象力被田间地头的农事消磨殆尽之时，到这里也许会重新萌发！

怎样生活是个问题，观觿堂没有答案，却可以有新发现。

文化应该是一种状态，不应该上升为一种主张，任何主张都是一种强权。文化潜移默化，就像温柔的灯光，给周边带来光明而它自己却是那么羞涩。要说文化在创始的时候一定也存在着野蛮和暴力，觿堂表达的是文化及其应用，是文化成长以后的状态。觿堂的布置和装饰没有从人类的茹毛饮血开始，它不是博物馆或者历史展览馆，它是关乎生活的艺术和文化，同时也可能兼做文化贸易，让文化通过某种形式流动起来，属于时代特色。

怎样理解是个问题，觿堂展示多多，没有宣布永远正确。

在我们所生活的时代，人们不仅热衷于职业，也热衷于出人头地，文化所聚集的力量可能暗中助力，助推这种趋势，也可能消解人们不切实际的狂热，给生活以平静，如同春雨润物无声，给生活以平静安然。打开一扇门，又打开一扇门，世间的好风景何止万千，春日的花红柳绿妖娆不尽，守住相守的，其他尽可以风光无限。但是，我并不知道，人们怎样和自己妥协，在守和放之间达成平衡。

文化，时而与高贵共谋，时而孤高独行，人们在接受现实的同时，也没有放弃想入非非。四月花开，人间锦绣，不一样的去处犹如不一样的人生，我要去看堂主！

对骂，情感对理智的反叛

解决分歧的办法很多，对骂是一种。对骂是情感对理智的反叛，虽然这样的反叛极端了点，却是任何时代都存在的现实。

首先，对骂考验着语言和思辨能力，甚至也是力气活。天气的热度助长着骂人的气焰，花费那么大的力气对待一件鸡毛蒜皮的小事，足见事物的重要性取决于个人感受，也就是体验。现代科学如此发达却总在体验问题上栽跟头，看来未来服务业发展空间不可限量。

其次，对骂让分歧扩大。信息多、观点多、感受多，自然分歧就多，都有道理却谁也说服不了谁。如果是国家之间可能就开战了，轮到个人之间对骂是最直接的方式，把道理放在一边，在语言上痛快一番，算是在拥挤的城市生活中的锻炼补充。当然，骂到最后忘记了要解决什么问题，也算是进入了新境界。

最后，进化是一个过程。不要以为拥有手机互联网以及可以在全世界游逛，人类就进步了。人们可以专注地面对手机书写感受，面对面交流却不怎么顺畅，特别是表达分歧以及交流比较复杂的情感方面。对骂，也许是缘起而不得已吧！如此，可以得知身穿制服的警察叔叔多么重要！

时代精神离不开创新

社会在新旧对比中前行，这个过程体现着时代精神。

很难找到一个恰如其分的词汇来描述时代，因为每个时代都有一批狂热分子，他们身上积聚着更多激情，荷尔蒙和多巴胺融合外溢，书写着属于特定时代的故事，迎合着时代需求，形成了时代特色。

高耸入云的楼宇以及楼宇下幽暗诡秘的舞步，手机屏幕中可有可无的新闻八卦，城市中川流不息的车辆以及各种欲望，在所有的感官得到满足或者歇息之后，对形而上超感官的需求总是占据着上风，就像一个离优雅十万八千里的女人对优雅的向往，或者各类标记着学识的证书，证明着人性的需求总是向着高尚前行，至于到底做得如何，另当别论。

时代精神离不开创新，创新就其本质而言是对现实的背叛。忽略道德意义上对背叛的理解吧。某些时候，背叛意味着创新或者重生，暂且不要用是非衡量，是非总是存在的，对是非的忽视也总是存在的。时代的狂热分子很少反思，只有行动，"狂飙突进"或者潜移默化。激情四射的时代却也伴随着消极倦怠，哪个时代不如此呢？消极倦怠催生着变革，激情活力推动着时代前进，势不可当。精神，时代精神始终雄踞于世俗之上，虽然存在于尘世，但却是永恒的。

随身携带纸和笔

我们这些时间的随从，即使尽心尽力，也存在着不尽的疏漏，离完美总是存在距离，即使心怀不安也得接受。随身携带纸和笔，信手记下突发的灵感，是个不错的选择。

科技兴盛的时代，各种电子设备层出不穷，各领风骚，却被电源束缚着，被开与关管理着，不像随身携带的纸和笔，随用即得，信手速记。纸和笔在电子时代依旧淡然地存在着，不可替代的优势显然易见。"文字是聪明人的弃物"，其实任何东西都是聪明人的弃物，只是这样的聪明越少越好。

或简单或复杂的文字不仅记录着转瞬即逝的灵感，也通过时间的日积月累，让思想趋于体系化，这些体系离不开偶然的闪念、持续的思考以及反复的斟酌取舍。某个时期某个阶段的重要观点，也许随着时间的推移，变得不重要了，但是曾经的存在与重要性不能抹杀。时间的随从，行走的每一个台阶都是进步。即生即灭的思想有着难以释怀的魅力。生活在时代中的艺术家和诗人总是很少的群体，他们强烈的感受力，提示着时间的易逝以及人性的虚幻，提示世界不总是按照理想存在，或者梦想也是易变的。即使这些精神超脱于庸常之辈，也常常拿着小纸条，在情感休眠、迟钝的时刻嘟囔着，纸张及笔记是这个世界生灵们存在的明证。

随身携带纸和笔，成为生活的习惯。

简单生活是昂贵的

被聪明和智慧灌溉的头脑，不停地催生着各种思想，彰显着时代特色。

简单生活是昂贵的，不仅要有处变不惊的定力，也需要恒久如一的耐力，以及听而不闻、视而不见的超脱。遗憾的是，这样的品质如同对高尚的追求，总是被现实的琐碎羁绊，变成理想和渴求，永远行走在追求的道路上，反衬着简单生活的不简单。

但是，耐下心来做一道清汤羊排，即使复杂也是值得的。类似的厨事不仅使心情愉悦，也远离了各种政策制度以及其他这个世界可有可无的信息，一个浪漫主义者也要填饱肚子，而且不能太随便，否则影响想象力。所有的浪漫主义者都始于现实，各种各样的现实，包括如何把新鲜的羊排做出独特的味道，没齿不忘，心心念念，仿佛吃东西是头等大事，当然，混口饭吃本来就是大事，民以食为天，吃饭是天大的事，不过分。

清水、盐、花椒、姜、丁香作为底料，水沸放入羊排至一刻钟后蘸生抽。如此的补给有足够的能量做任何事，需要补充的作品头绪太多，和简单生活的追求相悖。先点一支烟，还是

暑热难耐多饮茶

由于无知，充满了好奇；由于好奇，无知变换着容颜穿行于世间，千奇百态，推演着世间繁梦，循环往复。生活在时间中的人，无时无刻不在演绎着各种故事，充实着人生大梦，也充实着琐碎平凡的生活。

炎热的夏天容易使人精神涣散，其实冬天也并非完全可以让人汇聚精神。凝神静气需要锤炼，需要修为，更需要某种信仰。有信仰的人意志坚定，但是平凡百姓的愿望不过是过上相对舒适的日子，对于意志这类比较特别的品性不会强求，只要不那么三心二意、精神萎靡即可。尽管如此，还是需要提振精神。在此方面，传承千年的茶可以担当此任。

在十七世纪，欧洲曾经把茶称作神奇之水，或者万能药，可能是当时医学不发达，医药也不如当代如此"泛滥成灾"，身体不适用茶缓解是完全可能的。即使在当代，茶水完全可以充当某些药剂，舒缓、平复、疗伤，全看我们对待茶的态度。

在祛暑降温方面，茉莉花茶不仅以其芬芳无比的清香给人带来精神愉悦，也在遍布周身之后给身体带来舒爽，谁知道这个神奇的茶叶把身体的什么沉疴杂物顺带了出来，我们只管看着杯中美丽的叶芽翻转，就知道千百种变化也不过是这一瞬的蒸腾与沉寂。我们对于自己怎么消化的都不知道，何必晓得茶的奥秘与神奇呢?

关于茶及茶的故事可以变成文化,可以变成故事当然也可以是传说,成为人类大梦的一部分。但是茶在这方面最重要的职能不是助梦而是梦醒。由于茶的提神醒脑无助于撰写情感方面的题材,只适于写作比较严肃的内容,而严肃的内容是如此消耗心智,也不太符合娱乐至上的某种时代特点。对茶的好奇与无知,汇聚了精神,医疗了散漫,暑热难耐多饮茶。

各种带有硬度的文字

金融街楼宇林立,各种文件犹如流水从各个办公室倾泻而出。各种带有硬度的文字在各个办公室流转:重拳出击,敢于亮剑,敢于碰硬,用于"揭盖子""打板子"、坚持严罚重处,始终保持整治金融乱象的高压态势。"违法、违规、违章"专项治理;"监管套利、空转套利、关联创利"专项治理;"不当创新、不当交易、不当激励、不当收费"专项治理都宣告着2017 年进入强监管时代。

这些表述过于清晰,仿佛一切均在掌控中。有很多遗憾现实解释不了,却现实地存在着。在和人性较量的征途上,很多人被遗落在半路,是他们自己输给了自己,怨不得别人。规范是给遵守规范的人制定的,那些错误的作为当初一定也有它生存的土壤,要么是基因有问题,要么是施肥过度,庄稼地里总会冒出野蛮的植物,它们的存在天生就是让农人铲除的,我也只能理解这么多。

大脑每天热切地工作，甚至热切到了忘我的程度，新观点、新语汇、新信息不计其数，对于充满好奇、精力旺盛的人来说，有多少都不嫌多，况且记录时代特色必须要有足够的信息量。我被自己赋予的职责驱使，不厌其烦地接受着，从宏大主题到零散琐碎，以及各种寻常却也意外的冷暖人情，直到傍晚时分，什么都没有在哪里吃饭更重要。最好饭后点燃一支烟，然后静下来，阅读 260 多年前一个伟大作家的笔记，心醉神迷，仰慕不已！

读了一篇报告，又读了一篇报告

报告写得如此精炼清晰，不仅有助于厘清思路，更是上好的精神享受。

生活中的享受可谓多矣！一餐一景，亲切的问候，不期而至的相遇，春华秋实，质朴憨然的微笑或者无语自得，还有那些博大得令人心悸、让人崇敬向往的难得一刻等等。大千世界赐予人们太多的感官享受，也索取了人们的时间和精力，直至离去也感觉不尽！

但是，有什么能比阅读那些彰显人类心智、缜密清晰的报告更令人身心愉悦呢？无论午后还是傍晚，一篇论述达到一定高度的报告，其中的文字仿佛长了翅膀的精灵，在我们的身边环绕，闪烁智慧的光芒，引领我们进入遐想澄澈的世界，以及那个尚未达到的理想彼岸。

一切都会存在，人类理想达到的高度，就是未来人类生活达到的高度，尽管曲折险阻，也是趣味无限，人们的梦想会走多远呢？要多远有多远，想象无极限！

报告，一篇美文接着一篇美文。阳光、冷风以及米酒，那些在世界游走的人们，他们步履匆匆，精神在交往！他们知道吗？如果知道他们一定生活在幸福中！

一切危机皆由变化起

如大自然的周而复始，变化是自然现象，也是社会发展的助推器，更是人性使然。追求稳定和安全是人的本性，追求变化和冒险也是人的本性，至于什么时候爆发，无法给予确切的答案。经济困窘、不公正、尊严受侵害或者某些意外事件都可能促成，这样的问题尽量避免。

至于会出现什么样的结果，充满了不确定。

人的生存无论怎样进化都是那一套顽固不变的程式，吃喝玩乐、生老病死。尽管人类经常扛起理想的大旗，把命运交给变革，但是人类社会所赖以生存的社会关系几乎经久不变，官僚机构、警察以及各类社会组织运行机制的"旧壶"即使装上了"新酒"，味道如常。如同一场盛大的典礼过后，辉煌转瞬成为过去，成为人们记忆的一部分。

那些激情满怀的人们陆续回到自己安静的小巢，重新开始度过他们最真实的时光，身体内留存的激动的碎片也终将在安静中消遁。那些看似密不透风的各种联盟和组织，也经常被时间晾晒，一切都是暂时的，恒久成为向往。尽管如此，并不会影响人们对变动的渴望与追随。

周末信息连篇累牍，主角尚未发声，观众轮番上阵。民主社会最大的好处是自觉自愿充当裁判者众，在众生喧哗中畅所欲言。在某种非同寻常的时刻，人性以极其耀眼的方式表现出了它所向往的真、善、美的能力。是否就绝对正确呢？让时间来回答，或者时间从未在意。

出轨与出墙

马未都先生谈到了《出轨》，缓慢而有根有据：秦始皇统一六国后发诏：车同轨，书同文。此乃国策，功利千秋。秦时的"轨"是指两轮之间的距离，秦制六尺（一说八尺），直至火车出现之前，全国各地老城门内留下的车辙，都因为车同"轨"。

"轨"代表并行不悖的标准，行进中的标准，也代表着行进中的安全距离，不远也不近，遵循着同样的尺度，大家都安全。这似乎是现存所有古老规则中最容易理解的一种，不偏不倚，遵循恒久不变的轨迹。

现实中，受多种因素的影响，墨守成规、一成不变总有受到冲击的时候，出轨亦属正常，尽管后果很可怕。出轨可以表达一切超出规范的行为，自从被用在男女婚姻关系上，就有了一种具有时代特点的贬义，出轨这个词也被赋予了时代特色。

马未都先生接着有根有据地介绍：在男女关系这件事上，古人不说出轨而说"出墙"，"春色满园关不住，一枝红杏出墙来"，宋代林绍翁的诗满是诗情画意。在元曲大家白朴又杂剧《墙头马上》中，让男女主人公跳墙幽会，逐渐坐实"出墙"一词的旨意。在读过一些诗词且被传统文化熏染的思想中，即使外域文化中对于类似情感的描写，充满诗情画意的也是多数，至少不会如此无趣而直接。

最后，极具马未都特色的语言表达把人引入深思，而不是某种简单娱乐判断：今人说的出轨，一副看人家要翻车的幸灾乐祸；古人说红杏出墙，包含了许多美意，起码在元杂剧中还有追求爱情的超时代精神。把如此美的意象入诗，唐宋以来至少有七八位诗人写过，但谁也没曾想"出墙"一词后来变成未守住妇道的代名词，令人唏嘘不已。

人们关注马未都的收藏，更应该关注马未都的言论，一个历史文化传承者的宽容理解和悲悯，对人性的悲悯！

某些好兴致还是适当阻止好

不能破坏好兴致，哪怕是恶俗的好兴致！在兴奋娱乐这类事情上没有什么好坏之分，打扰别人的快乐不是好习惯。虽然娱乐过度会腐化人们的心智，破坏严肃的感情以及在不知不觉中消耗时间以及让时间变快等等。

但是某些好兴致还是适当阻止为好！

偶然看到了由明星组织的团队娱乐节目。当下，颜值是娱乐界的专宠，一个个漂亮的面孔被一个个简单的问题引领改变着表情，举手投足谈不上庄重英俊，只有颜值在表现着快活，背后另一些人录制着这种快活，播放给各种手持娱乐设备的观众，观看者感同身受，仿佛他人的快乐就是自己的快乐，被幻想迷惑着。

对于多数人，终其一生都在模仿和效法着怎样生，学习生活是一种高境界。某些人推崇娱乐至上，他自身可能很少娱乐，甚至和娱乐绝缘；正如某些人推崇节食养生自己却大快朵颐一样，仅仅是个倡导。一个理智尚存且对自己有要求的人，首先要有自己的判断力和自己的主张，否则一厢情愿地向着快乐出发，很可能走向快乐的反面。

生活在习俗中的人，接受着传统也接受着本性

生活在习俗中的人，接受着传统也接受着本性，在理想和现实的道路上逡巡，看似重复实则改变，接受着时间悄无声息的侵袭，从思想到面貌，任谁也无法阻挡。

谈论天性是危险的，人的天性不全是美好，甚至一直和美好保持着相当的距离。我们不能过分相信诗人的诗句，也不要相信道德家的说教或者教科书的教诲。那些对人性弱点指指点点的作家，本身的弱点可能更加不堪一击。在接受天性的道路上唯一值得肯定的是：向好向善作为追求的目标一直没有被放弃。但是，关于好与善在不同的时期也是标准各异。

看来，只有具体问题具体分析了。

漠河的傍晚和海南文昌的傍晚大不相同。北方傍晚明晃晃的天光清澈透底，人在此时只想寻求温暖和归宿，亲情和

爱，天空仿佛要把人们凝聚在一起，在大自然的怀抱中和睦相处。文昌的海风却有那么一种懒散寂寞的味道，或者单调无聊。当然，人群的喧嚣哪里都一样，静谧中的感觉可有亦可无，多思多虑的人感觉像重负。

现实的确发生着改变。各种通信设备让人们的生活从未有过的便利，从蛋糕到鲜花啤酒或者滴滴专车，人们谈论话题也高度趋同，除了衣食住行就是资本市场或者理财生息，大致相同的生活造就着大致相同的人，甚至家长里短的内容都高度趋同，想象力达到的地方都被移动设备占据了，想象力达不到的地方被某些所谓的"专家"统御，这些"专家"在诉说着连他们自身也不知所云的观点，误导着众生也误导着自己。

农民在种地，无暇他顾，任何时代都未曾改变。

娱乐近乎强权

娱乐近乎强权，当我谨慎地思考这个问题时，仿佛坠入雨后的泥潭。个人生活的不同旨趣和不同偏好无可厚非，这构成了生活的丰富多彩以及生机勃勃，但同时近乎强权的娱乐也在不知不觉中腐化着某些人的心智，特别是某些互联网媒体，无限放大着娱乐，仿佛严肃是一种罪过。我们可以看到的各种娱乐节目，从自我感觉到举手投足，常有那么一种颇具时代特色的不自然和炫耀。

娱乐界的表现很快活。给娱乐划个界是比较明智的做法，至少说明并非全社会都娱乐至上。有些拥有漂亮面孔的演员，即使讲着最无聊的语言也享受着众星捧月般的拥戴，这些拥戴者身份可疑但数量众多。生活本有更重要的事去做，娱乐却把人们引向迷醉和虚幻，近乎强权地统御着人们的时间，随时侵犯无辜的个体，虽然这个个体众多，但终究是软弱的个体。

游戏激烈又热闹。热爱游戏既是天性又是本能，人们在游戏中感受着如同现实般的体验感，几乎可以穿越到任何时代、任何场景，成全着游戏者的梦中之梦。然而现实终究不是梦，特别是那些故事的编纂者以及游戏制造商，他们可能躲在城市某处的写字间或者公寓，挖空心思地策划布局，锱铢必较地设计盈利，然后掠夺游戏者的时间、情感及货币。

养生变成大市场。养生存在于任何时代，养生如同念佛，念佛的人多，成佛的人少，养生的人多，养成的人少或者几乎没有。与其常年克制、养生不若在精神上修为升华。身体是大自然最神秘的赐予，善待即是。至于怎样善待是个大题目，一时说不清。可以说清楚的是，要谨慎接受各种养生专家的教诲以及价值不菲的滋补品。古今中外有权有钱、贪生怕死的人可谓多矣，都没逃过时间的手心，顺其自然是最好的应对之道。

某些习性具有天然的弱点

人类不可能住进高楼大厦就不接受自然规律，它们看似安全但很可能是禁锢，高楼大厦阻隔了人们的认识。观点日益增多，真知灼见却日渐稀少，似是而非的理论不断填充着人们的头脑，仿佛堆满杂物的大房间，去掉冗余实则空空荡荡。

把一篇100页的报告翻倍，厚度增加不代表着认识深刻，深刻的认识也许就一句话，匿藏在密密麻麻的字里行间。一知半解的理解误导着认识，各种貌似全面的分析如全科实习医生，在实习的道路上不知还要行走多远，我们不知道世界上是否存在先知先觉的人，倒是巫师巫术从古至今从未消亡。在众生没有穷尽的言论中，有谁肯承认自己在表达错误的言论呢？

骤雨过后一切安然。

自然寂寥无声各种植物悄然生长，叶茂必然根深，但是农夫却要剪掉冒尖的枝丫，保持植物均衡生长直到结出壮硕的果实，植物的活力涵养在周身而不是某个突出的枝丫。资本市场中的经济实体是否模仿着自然规律，或者根本就是在遵循。优异的经济体缓慢而坚实地成长着，没有惊世骇俗的壮举，也没有引人注目的花边新闻，一切看似平淡无奇，就像一个踏实稳重的男人，坚持自己的目标，始终不移。

各种复杂多变的因素影响着现实世界，也影响着资本市场以及各种市场，各种分析报告看似正确其实并不牢靠，运作模式大同小异，结果也半斤八两。某些习性具有天然的弱点，离实际太远难免走向谬误。对于很多事，不妨向自然学习或者模仿自然，在平静中积蓄力量。

有时轻，有时重

思想来自何方？思想来源于先辈，文学来自于思想的结晶。看看当下的文学，也许看出那些作者正在思考什么。

思考的锤炼可以产生新的思想，思想者为思想者开辟道路。特立独行是一种强有力的特权，只有伟大的崇高才能够抵御流俗的侵袭，逆风飞扬，开辟属于自己的天空。不过，在常人看来，这基本属于难解的行为，并不会改变世世代代人们庸常和平凡的生活。不过，只不过，证明人类思想所能达到的高度。关于思想来自何方？还是先放一放吧。

某些时代诞生的某些伟大的人物和作品，一定是上天赐予的禀赋发挥了作用，而不是其他。如果没有伟大的心灵和内心强烈激荡的情感，仅凭勤奋，终身劳作也很难创造出伟大的作品，当然孜孜不倦是成就伟大的条件之一。

读了一篇报告，又读了一篇报告。字里行间的陈词滥调，使人可以想见一个粗糙无味的头脑是多么无趣！还是读一读那些经过时间洗练留下的经典吧。经典就是经典，任何时代都无法被取代，就像一棵历经风雨的橡树，不是随便可以企及，又如某些观点太高尚和尊贵，只被少数优选者拥有，不会普遍流行。

放下一本书，拿起另一本。拿起与放下，有时轻，有时重，考验着情感的分量，也考验着耐力！

断断续续，自我消遣

当人们不受任何打扰，愿意怎么做就怎么做的时候，才能对工作产生兴趣，只为自己高兴，不为取悦任何人，既不为留声又不为留名，既不想减弱感情冲动的力量，也不想迎合时代的任何潮流。

记录自己的见解，即使是偏见，也只需要时间来自我修正。就像进展缓慢的工匠，打磨耐用的日用品。至于时间把它变成艺术品，那是时间的功劳。

重读那个重要的读本，当时的振奋重新回来，如同旧梦重温，如同人生之初第一次观看壮观的日出与霞光，体会到开阔与博大。自然赐予的体验与感觉，精神也会给予。

仰视与伸展，带来非同寻常的感觉，是我们认识自身以及这个世界最重要的运动，既关乎精神亦关乎肉体。普遍联系与统筹之意，亦深蕴其中。

和时代保持距离，或者投入其中

和时代保持距离，或者可以生活在任何时代，是生存自由的另一种形式。遗憾的是，某些人对当下生活极度投入，仿佛世界只存在于今生今世，实际上，那些坚固的楼宇以及高大的树木，已经存在上百年，即使某些锅碗瓢盆都比人的寿命长，在博物馆安静地接待一批又一批的参观者，一代又一代，静默安详。

幸亏，各个时代的艺术家全神贯注、凝聚精神，把某代人的生存状态或者庸常生活记录下来，升华为艺术作品，长存于世，展现着曾经存在的生活，那么投入、忘我或者淡然。

一个男孩把他的手串给我看，他讲到了幸运、寄托或者诸如此类的祝愿。他是那么热情投入，他的全部精神集中在他的眼睛上，质朴认真，流露着某种自然而神圣的东西，瞬间，我希望这个手串不仅是精美的艺术品，更能为他强健有力的臂膀增添力量。此时此刻，我相信，这个手串是最好的，无与伦比的好。

一件物品的存在，只有和人如此紧密的联系才会形成自己的灵魂。如果艺术不全是表现深邃高远，日常拥有都是艺术的远亲近邻。从殿堂到民间，从博物馆到胡同街边，艺术或者艺术家，为生活注入不一样的色彩。

远远近近，一幅画、一首歌、一段舞蹈，世代演绎，在怀旧与创新之间前行，当我们不必为庸常的琐碎所扰，可以感受任何时代的生生息息，曾经消失过，也曾经存在过。

强悍与柔情

男人的沧桑与温柔，女人的怅惘与向往，李玉刚表达得最好！

李玉刚的歌，任何一首歌，都可以放在任何时代，传达着恒久不变的男人和女人的情感，至美的深情，为生命装点忘不掉的记忆，给那些有情有义的男人和女人以慰藉。他独特的声音，犹如他独特的个人，谦恭文雅，在强悍与柔情之间，自然跳跃，撞击着我们身体内尚未醒来的感觉，被触动、被激发，直至泪流满面。

风华绝代的男人和女人，"举杯对月情似天，爱恨两茫茫，问君何时恋，菊花台倒影明月，谁知吾爱心中寒，爱恨就在一瞬间"。多思多虑善感的年纪，任何时代任何人都会经历，宛如初春季节最柔美的花朵，在每一个人心里绽放，苦涩与忧伤，任凭岁月变得苍凉，或骤然而止，或绵延不绝。

李玉刚的歌声在陈述着什么？是对仅此一次的生命的叹息？还是倾诉着岁月更迭？抑或对过往的无法释怀？这样的追问毫无意义，他在表达情感，此时此刻。"繁花落尽处心未惹尘埃，花容为谁改，芳名等谁猜，流年过，一曲绕梁成天籁，只道痴心不改转眼花已成海。"依然眷恋，从未改变，绵延不绝的柔情似水存在着，存在着，仿佛生命不息。"那年梨花依旧相思不及采摘，可释怀经年旧梦今仍在，总有千般风情却万般无奈。"是的，万般无奈却也坚持着，寻梦千载，这也许是李玉刚的歌能够动人心魄的地方吧，不仅仅是声音。

良辰美景，柔情似水，光鲜背后，无奈存在过，落寞存在过，非同寻常的坚持与非同寻常的技艺，颠覆着传统却也传承着，创造着美，李玉刚用他的美与探索，创造出艺术的华彩、生命的华章。浮华舞台上最忘情的演绎，却也是喧嚣人群中最落寞的灵魂。繁华散尽，只有最寂寞的灵魂，才能留住那精湛而永恒的艺术瞬间，为凡俗的生活注入恒久的深情。他的歌声，是这个时代最具特色的标志之一。

色香味攻势

主张太多的人们，终于围坐在桌前，在色香味俱佳的美味面前达成短暂的共识，把酒言欢、忘掉分歧，前所未有的一致。这些美味也许正在为分歧提供能量，信息技术前所未有的发展，却无法消弭千古长存的观念以及利益这类分歧，更没有提出一套让各方均接受的统一解决方案，即使暂时的共识也是依靠古老的饭桌，也许分歧和争议也正是缘起于饭桌。在此类问题上多思无益，倒也无碍。

香料让饭桌变得生动，味觉被无限地触发，菜品的调味很重要，盐是灵魂，胡椒是生命，岂止是胡椒，所有唤醒味觉的味道都附带着灵魂，刺激着神秘的脑垂体，让各种思想观念在头脑中奔驰游荡，汇聚成精神、汇聚成各种精神。

当然，胡椒在饭桌上还被赋予特殊的意义，这和胡椒本身发挥的作用以及出身有关。据说在古代欧洲肉食存储较难，是胡椒粉末让肉食得以比较长时间的储存。这种发源于印度，后来传到世界各地的香料，是古代丝绸之路的重要货物和贸易品，据传从原产地到目的地，价格可以翻四五十倍。时代久远，无从查考，胡椒是欧洲人生活中不可缺少的调味品却是千真万确的事实。时至今日，西餐桌上总是摆放着形状美观的胡椒瓶，那些黑色或白色的粉末随时准备奉献独特的辛辣味道。

贸易带来活力，也带来利益分歧，甚至引发战争，绝对不是一桌饭这么简单。但就人本身的存在而言，任何事也许都可以量化为一口饭，或者有味道的饭，至于调料发挥的作用，可以翻阅书也可以沉思断想，希望进入新时代后世界各地的人们，即使身怀利器，也要慎而用之，多在饭桌上争论，即使推倒也不过是教养问题，让道德家们絮絮叨叨论述，好事者喋喋不休地发表陈词滥调好了。

我是农民

他颇为自豪地说：我是农民，但是个伪农民，我家里有地，我却不会种地。他坦然的态度和谈话的内容极不匹配，但却是真实的，我认为的真实。所有的真实可能都有那么一种欠缺，离完美太远，却生动有趣，真心实意地生活，趣味很重要，真实亦很重要。

进入新时代，农民这个词汇正发生变化，咖啡厅、各类投资公司以及影院、地铁都有农民的身影，即使三里屯英俊、前卫、新潮的发型师，身份证件上也可能是农民。中华广袤大地上来自各个方向的年轻人，无论来自东北、西北或者南方的某个省份村庄，身怀记录农民身份的证件在像北京这样的城市从事着各种工作，分布在各个领域，农民的语义发生着变化，可能是新阶层，也可能依然落后，可能很富有也可能还略显清贫，从来没有如当下这般联想丰富，很难一语以蔽之。

新时代的各种变化中，生活方式及其态度的变化潜移默化。从哪里说起呢？没有发生在一夜之间，而一夜之间的变化却是明显的。犹如春雨过后花朵垂落、新芽萌发，说不好是同步行进还是相互催生，社会学家看到了问题，艺术家看到了生机，而诗人则歌颂变化，启迪和激发着生的梦想和热情。

我是农民，这句话在某些地区成为某种优越感，某些地区成为期待，有些地区令人向往，也有些地区正在被逃离。我是农民，却不会种地，多多少少也反映了时代特色，从表达的神情看，这是好事。

那些在皇家园林消磨时间的人们

他们，安然在皇家园林里唱着过去年代的戏剧，专注而投入，对路人的注视熟视无睹，甚至有那么一种唯我独尊的骄傲与忽视。

他们，坐在古树下谈天说地，像任何时代的人，针砭时弊、不留情面。

怎奈，任何时代都有利有弊，无论是没完没了的批评还是赞美，都如此存在，有说不出的好，也有说不完的厌烦。春回大地的时刻，万物萌动复苏，花朵艳丽，皇家御园林的新老游客们满目生机，赞叹着绿色和花朵，终于把自己融入大自然，暂时成为春天的一部分。

批判现实主义令人厌烦，虽然有用。凡事从反面看不意味着清醒，心境中的尘埃变成语言的危害堪比雾霾，好在那些话里话外的语言表达的都是善意，只是期望好些、再好些，永无止境的期待。无论个人还是社会，养得起每天在公园度日的人，就是进步。皇家园林中的人越来越多，直接表达着时代的进步，无论从哪方面看都是进步，身在其中的人拥有很多，有历史感的沧桑树木和精心修剪的花圃，再加上优良的心境，堪比帝王，要知道，任何时代的帝王都为江山社稷夙夜在公，少有时间闲谈莫论，即使那些闲情也如思想的重负，高点甚寒。

公园里唱戏的人们认真生动，他们演绎着自己的故事，艺术是为生活服务的，或者就是生活的一部分，并且一切都是免费的，生活在幸福中而不自知，是真正的幸福。某个春日观天坛公园，记。

神秘莫测昙花香

让瞬间的华美芬芳持续恒久，唯有时间最宽宏大量。昙花，浪漫莫测的神秘花朵，仅仅在傍晚来临时绽放，既缓慢又短暂，考验着欣赏者的态度，我的态度以及所有欣赏者的态度。

太完美了！所有完美的花朵都是时间酝酿的结果，它们各有自己出现的季节、地点以及时机。依佛教经典传说，转轮王出世，昙花才生，所以每当昙花盛开时，花蕊和花瓣都会微微颤动，这神秘的颤动犹如创生之感动，抑或是期待，抑或预示着美好易逝却也永存？看昙花亦像看任何美好的事物，最好保持一米以上的距离，被美触动心灵的那一刻，最难忘！

昙花香美具备亦难得。大自然慷慨有度，很少将所有优点集聚一体。美丽的花不一定带有香味，香味扑鼻的花不一定美丽异常，昙花香美具备也属大自然的偏爱吧。原产中南美洲热带森林中的昙花，为仙人掌科多年生多肉质植物，植株灌木状分布，叶状如羽，边缘如波浪，崛起于如齿的边缘处的花朵，硕大而美丽，花冠洁白，娇艳精美，芬芳异常，在傍晚时分开始缓慢舒展绽放，放到四季变幻中，确实短暂，放在几个小时的静默以待中，却也很长，时间磨炼着人们的耐心，包括耐心等待，相守相对的时间延长。

少数时刻精心，多数时间漫不经心栽培的昙花，曾有一年绽放两次的馈赠，如此的情谊唯恒久珍重。

热爱生活的人每周都要去超市

当那些热心的阐述者满怀热情发表各类见解时，那些繁忙的行动派正忙于践行，零售是最好的表达，特别是关乎衣食日用方面的零售，反映着新时代观念的转变，方方面面，诠释着新时代生活的变迁以及人们的追求。

热爱生活的人每周都要去超市。

各种蔬菜水果的气息以及花费了心思的包装，赏心悦目。那个从事包装人的在装点蔬菜的时刻，一定把当时的好感觉寄托于蔬菜，否则怎么会激起喜欢和不舍呢？人们总是习惯认为，到商店购买东西，其实更是一种关乎生活愉悦的自我满足，如此的满足消解着传统意义上的买卖行为，从而上升为精神享受，我们在超市很少见到会议上的一脸严肃，专注浏览以及那种放不下的喜欢神情，在超市弥漫。如果在会议室待久了或者为贸易战以及各种当代难题，任何时代都存在的难题难以释怀，还是到超市转转，特别是那些在写字间杜撰创新远离现实生活的人。

零售业在进步，背后是一系列真正的创新发展在驱动。当那些宏大的主题变成各个微观层面的现实生产力，人们的生活品质发生了巨大的变化，生活在旧观念中的人需要一个适应的过程，或者停留在旧观念中长睡不醒，不去触动也并无大碍，但各种新变化无可阻挡，不是因为新，而是因为好，在实践中不断提升的好，好得实实在在，无法忘怀。

新零售及其有秩序的表达，确实有了质的提升。2018 年 4 月初的某天来到超市，浏览了蔬菜、浏览了生鲜、浏览了调料、浏览了各种茶及茶杯，仔细观看了诱人无比的面包坊，一切如此之好，如此之多的食物令人流连忘返，购买了两瓶阿联酋产的英国红茶和来自安徽滁州的蔓越莓干。零售丰富了生活的味道，也丰富着对世界的好感觉。

时间储藏的盛情经久延绵

Poetry

诗歌

时间储藏的盛情

那些瞬间诞生的情感，

裹挟着思想，

倏忽而来，

悄然而去。

诗歌，

美化着生活，

也坦白着情感，

当我记下它们时，

仿佛是在挽留时间，

以及时间赋予的一切。

诗歌带来的欢乐与忧伤就像夜晚的河流，

日复一日，

安抚却也侵蚀着经过的地方。

柔弱与坚硬，

谁更强、谁更弱呢？

诗存在的地方，

或许根本不存在如此的疑问。

目录

时间储藏的盛情

繁盛的夏季
草木葱茏
花朵安详
近了的脚步
远了的声音
所有时间划过的地方
都被记忆封存
打开的那一刻
风华正茂依然

时间储藏的盛情
经久绵延
一如饱满的夏季
一如期待
理想的天空
幻想为现实插上翅膀
无论怎样都是好

属于一个人的风景
属于一个人
风光依旧
态度安然

既熟悉又陌生

既熟悉又陌生
花木静默
承载着雨的重量
承载着昼与夜
昼与夜的更迭变化
以及四季轮回
时间苍茫前行或者倒流
总是顺从
总是沉默
总是如此既熟悉又陌生

我理解的爱如此静默
我理解的痛如此静默
在我荒芜的感知世界
充满了太多的雄壮和悲凉
时而激荡勇猛
时而颓废异常

被优美旋律击垮的那一刻
暗夜肃穆
原谅着世间的一切荒唐
我看见花木依然顺从着
沉默安然
模糊着所有的是非喧嚣
既熟悉又陌生

中间繁复，两极相通

中间繁复
两极相通
数不尽的甘苦困顿
数不尽的欢愉是非以及痛
世态杂陈反复出现的风景
岁岁年年相似

如何忘记了
通向草原的道路
通向山脉的道路
通向城市的道路
宽敞着也局促着
失去着也获得着
非我所欲亦非我所求

时间滴滴答答
亦我所欲亦我所求
站在世界的中间
或者站在时间的中间
凝视端详和眺望
看见了或者视而不见
两极相通
诞生着
储藏着
遗忘着

发迹的画家

背后的那盒墨那张纸那桶笔
涂抹着激情或者感悟
以及时代的柴米油盐七情六欲
张扬着落寞着探寻着
把命运付诸山水
纸张上的命运
命运在纸张上飘扬
画家从此发迹

画家说不懂经济
画家批判时代特色
画家说受管制太多
画家抱怨缺乏自由
一个发迹的画家说话太多
画作几乎变成小说
令作家惊愕
我也很惊愕

痛是一种修为

痛是一种修为
爱是一种修为
快乐和幸福亦是一种修为
我更愿意看到你
雨中行走的样子
讲话的样子
以及不经意的说笑
此刻可以忘记修为
忘记归途或者忘记应该记得的
留给雨后的天高云淡

耐心是一种修为
等待是一种修为
生活和劳动亦是一种修为
那些发生或者没有发生的
浪漫的傻事或者伤感
笔记没有记录的，感觉会留存
感觉遗忘的，痛会唤醒
因为修为存在着
等待着觉悟的那一刻

我喜欢摘不到的果实

我喜欢摘不到的果实
犹如喜欢得不到的爱
一切至深的人生奥秘
在于惊奇以及出其不意
我想要的多于遗弃
从三十岁到任何年纪

我不需要激励
却喜欢很多赞美
我不需要承诺
却对诺言充满兴趣
我喜欢清晨喝一杯烈性酒
午后的浓茶或者深夜的烟草味道
我喜欢一切的严肃庄重
却往往付诸笑意

我喜欢看路人吵架
比较激烈的情绪
我希望人们的素养在阳光下晾晒
粗陋和温存大抵相当
我喜欢菜市场的味道
我喜爱花草树木
我喜爱甜言蜜语
我喜欢云朵飘移聚散
以及骤然的变幻

我笑的时候比平静时难看
写作的时候比沉思时专注

遵循自然的走向

冬天来了
风和雨和雪相约
犹如任何无备而来的相约
犹如任何的无备而来
遵循自然的走向
以及世代传承的直觉

豪放不适当地释放着激情
温婉不适当地传达着暖意
睡去又醒来的那一刻
天空变了颜色
一个必须拥有的梦
在新的台阶上拾级而上

欢乐读懂了欢乐的光芒

沉默，欣然接受着积蓄已久
或者突如其来
生的千百种姿态
欣然接受着命运的安排
欣然承载着向上的力量
或者向下的力量
在未知的某一点相遇
欣然接受，欣然承载
痛或者欢乐

雨与雪的相逢
为了交融的那一刻坠落
为了相聚的那一刻飞扬
悲伤看到了悲伤的印象
欢乐读懂了欢乐的光芒
怀疑肯定
肯定怀疑
赋予生命生生不息的力量

我们是自己的祖先

先生，我们是自己的祖先
我们也是自己的后裔
我看到了这个世界上另一个我
如你的样子
如此亲切如一
如此地接近

先生，试图读懂的那一刻
或者完全新奇
先生，你的臂膀和胸怀
在某个时刻是我
是我的一部分
在拥有和放弃的瞬间
构筑恒久

感觉的分量很重
驱散阴霾
读懂的感觉更重
逡巡于进化的道路上
我要说今生今世
我要说前世今生
还是沉默了
沉默以对无可比拟的力量
痛与欢愉
青云直上或者坠入深渊

所有缓慢的节奏都是祝福
慷慨地赐予
赐予无尽之爱

一切有生命力的书都是自传

一切有生命力的书都是自传
一切鲜活的语言都是自语
不停地感受
不停地表达
世界在解释中存在着
世界在表达中重生
说了又说
没完没了
犹如重复的老调
亲切却也厌烦

寂寞无言最珍贵

一个低沉舒缓的声音
漫不经心表达着深情
一个幽闭隐秘的灵魂
陈述着岁月的深沉
我不忍说话
不忍再说什么
人世间的道理了无穷尽
寂寞无言最珍贵

只有政治家才对人民有充分的理解

作家，在某个方面理解了人
诗人，彷徨在自己的精神轨道
经济学家？经济学家对世界的理解最一知半解
尽管貌似这个时代的显学
曾经存在的方术道士
改头换面
用骗术和谬误扰乱常识
相信者众，不以为然者少
野蛮人行走在生猛的道路上
只盯着猎物
妖精、害人精催生祛除灵怪的雄心
信奉斗争哲学的人发现了新武器
心灵孱弱者在寻求庇护
沉默的人通过手机呐喊
渴望归宿的人游走在异乡
人民？
只有政治家才对人民有充分的理解

瑞士伯尔尼的雪天

单纯的雪天
瑞士伯尔尼的雪天
很多儿童在歌唱
在这个纯净的世界上
来了一群中国人
他们在说着什么
他们的笑语与沉思

我们很像瑞士人
也很像儿童
在白雪皑皑的世界
一切澄澈洁净
思想接近灵魂
亲善如友邻
很认真
这一刻也很澄澈
天地一色

我们仍然需要它：一件简单的外衣

如果自感孤独
请披上一件外衣
一件简单的外衣和一个简单的动作
当天气不太寒冷
或者寒冷的天气已过
我们也仍然需要它
一件简单的外衣

需要是恒久的
如果情感依然丰盈
在衡量财富或者房产时
不要忽略情感依然饱满
如生之初的新鲜和新奇
不需要很坚强，有情有义
不需要很富有，真诚可信
像孩子一样嬉戏
像老人一样搀扶
无限接近人的样子
友谊和忠诚犹如外衣护卫着身体
漂泊不定以及无常者
在此之外

曾经的英雄意志

夜之寂静
匿藏着痛苦的怪兽
磨蚀着脆弱的心灵
而心灵已被诱惑
诱惑至迷幻的山巅
曾经的英雄意志
被遗弃
被拾起
仿佛一个人的舞蹈
旋转、沉寂、雄起
永远不会落幕
在痛中自我追逐

美德蕴于痛
因渴求而神圣
因神圣而战栗
越来越接近
当幸福摆脱妄想
美德在黑暗中
悄然生长
那个痛苦的怪兽
将变成天使

记忆抵抗着现实

丰姿摇曳暗香浮动
记忆抵抗着现实
重复着过往
连同当下纳入过往
沉静单调犹如经年不变的灯光
经年不变一切都是老样子
依然安详
依然亲切
却也等待着改变

蔷薇傲然挺立
傍晚幽香更甚
记忆抵抗着现实
冥顽不化
思想裹挟着情感
充实似水流年
仿佛拥有着却也遗弃着
兴奋着、伤感着
却也骄傲着
任天光无限

你骄傲过吗？那曾经的盛年

尚未坠落的树叶以及阳光
如此骄傲，犹如虚荣
犹如世间所有的匆忙
回忆着过往
怀念着逝去

你，骄傲过吗？那曾经的盛年
你，虚荣过吗？那无知的青春
释放多余的精力，甚至情感
慷慨无度却不以为然
最高的情感力量
却低到迷失自我

低到看不见的地平线
低到幸福来临
低到仿佛看不见的顽强
像冬天依然在树上坚持的树叶
像夜晚静默等待绽放的花朵

岁月承载着你
你充实着岁月

爱一定未眠

挥手，不是为了告别
而是为了相见
再一次相见
深夜，灯光闪闪
耐心地等待
如同一个孩子
等待童话降临
仿佛深夜对不安的慰藉
仿佛灯光对繁星的敬意

我想
爱一定未眠
即使人们都已睡去
那些奔腾如涌的思念
那些静默无语的爱恋
任怎样地挥洒
任怎样地肆意
都会驻留
在空中弥漫

黄昏，发出盛情邀请

黄昏
发出盛情邀请
梧桐静默不语
百合花献上浓重的芬芳
迎接一个勇敢者
永不倦怠的追寻
还有一个生命
对另一个生命的好奇
以及怜惜，以及敬意

我要留下来
接受傍晚的天光
接受岁月的慷慨
深邃的天色仿佛在低语
更像是叮咛
自由和孤独是孪生子
这盛情之约
仿佛生命的时钟
蓬勃跳动
深远无际的过去以及未来
临风摇曳，与礼花飘舞
共同奏响生之欢歌
那些恒久如初的期待
在空中绽放
此起彼伏

超脱与遗忘分明是深刻的记住 （听南山南）

冬天，夜晚，冰雪尚未消融
大地凝聚着白与黑
凝聚着隐秘的伤感和冲动
在流淌的时间面前
一个强者的自怜或者激励
那是自我告诫和自我误读后的叹息
超脱与遗忘，分明是深刻的记住
在遗忘的那一刻
却是满怀苍凉而深刻地记住了

相异与区隔阻挡不了未泯之爱
被误解的爱，谦让的爱
或者理想化的爱
既遭到蔑视又被推崇的爱
尽管爱的分量如此之重
如同穷极一生做不完的一场梦
再不和谁谈论相逢
却也改造着、提升着爱
丰富着无尽的内容

"时光苟延残喘无可奈何"
这应该不是抱怨
更像是对时间优美的妥协之道
"如果天黑之前来得及
我要忘了你的眼睛"
欣然接受命运的安排
欣然接受穷极一生做不完的一场梦
大梦初醒是印证曾经的拥有吗
谁的歌声在雪夜绵延
给四季如春的寒夜，充满不尽的沉思

白杨树叶承载着阳光的笑意

白杨树叶承载着阳光的笑意
温柔的小叶杨纯净浓郁
玫瑰花在哪里开放
澄澈的天空，澄澈的天空辽远空寂
更遥远的地方
更遥远的地方
人们是否会为梦想奔忙
在阳光下走走
或者在阳光下种地，挥汗如雨
我们这些土地的孩子
人间的匆匆过客
应该向树木花草学习
静默生长，与阳光为伴
和时间友好相处
和睦相待

繁星点点，月弯弯

繁星点点，月弯弯
梧桐静穆，花暗香
夜色静谧安详
如果他，如果他
来到身旁

八月的夜晚
轻风助长忧伤
盼望
像思念一样长
如少年之梦
无限怅惘
无限好时光

金融街种地之余

金融街种地之余……空气都散发着轻松的气息，也许只有种地之余，轻松的感觉才会如此强烈。对比，对比让一切变得更加浓重、更加清晰。唯此，也更加体现了依存的重要以及独立的必要。

乡村寂寞的生活及其劳动
夜晚寂寥的星辰
默然而立的梧桐
树影细碎斑驳
即将入梦

人们为生活劳作
为欲望游走
为梦想奔忙
在天地之间
浩渺苍茫，睡去又醒来

放不下的、移不走的
豪情以及尘世的功名
种种牵挂与拖累
有时风月无边
有时黯然，如深夜

端茶倒水绵延的宴席

像个学讲话的孩子
说了又说
不停地表达
像个初来乍到的过客
探寻着张望
迷惘也新奇

端茶倒水绵延的宴席
送走一批又迎来一批
台前幕后催促着
有时轻声慢语
有时脚步迅疾
突不破
似水流年账簿般的清单记忆

类似的英雄豪杰
分明的差异分歧
都接近真理
却有着十万八千里的距离
你们讲的我都同意
下面谈另外几个问题

即使懂了，也会犯错

清澈寒冷，涤荡着一切雾霾烟尘
所有的凛冽刺痛
直白无羁
远处
诡秘的灯光以及高悬的星辰
昭示着爱
也昭示着痛

如果记得爱，就不要忘记痛
如果记得痛，就遥望远方
或者回到故乡
亲近大地
亲近大地的冷暖安详

我们这些属于土地的孩子
大自然的匆匆过客
虚妄以及蛰伏的激情
承载着太多的故事
即使寒冷，即使凛冽
涤荡着、消弭着、复生着
周而复始
即使懂了，也会犯错
时而痛彻心底
时而轻抚无痕

哲学的教条，寻找心灵的和睦

哲学的教条
在夜晚，闪烁诡秘的光芒
照亮或者遮蔽
释放着痛苦，消解着快乐
寻找着心灵的和睦
如果和睦在某个时刻被需要

而更多的时候是遗弃
千百个理由堆积起来
仅仅是逃避
或者换上创新的外衣
或者信以为真
假是真的先机
真是假的梦碎

哲学的教条
倾倒在自己的怀抱
没有胜利，也没有失败
时间绵延
空间绵延

致谢遗忘

雾霭中的假期
过往多少年
多少年，多少日
我们记住了什么
忘记了谁

遗忘
给记忆开拓空间
当下以及未来
狂热的梦想
快乐与苦痛
遗忘在风中
伴雾霭风尘飘散

一定是忘了
深深的遗忘
犹如深深的记忆
在遗忘的那一刻
一切尚好

是拥有吗？当然是！

笑意写在脸上，也洒落在梧桐道
寂寞和静默挡不住的快乐
是拥有吗？当然是！
被一句话感动
被一个神情吸引
是拥有吗？当然是！
还有什么能够如此肯定？
是的，还有什么如此肯定？
梧桐道沉默无语
我要学会懂得以及谦卑地靠近
以赤子之心

五月天，如火的五月天

风中的诺言
犹如五月突袭的热浪
树叶私语
花朵低吟
五月天，如火的五月天
热切心仪
回眸流连无尽的童年
期待、严厉以及温柔
在风中飘荡
看花数星星
嬉笑、尖叫、沉思
心中蔓延的未来
无须兑现、无须誓言

懂得才会爱

树木安详，树影斑驳
时间的风，无痕划过
记忆之窗关上又开启
是谁？开启时代之窗
是谁？在窗前驻足展望
众生芸芸，沧海一粟
记得，放下，恒久一瞬
懂得才会爱
懂得才更爱
让我们更加怀念，更加热爱
 这样的夜晚、这样的时刻

悲悯是天性，是最珍贵的柔情

能否静下来？无数的指点与教诲
都无法和天性抗衡，无论哪一种天性
众生芸芸，喧嚣与沉寂
当春天来临，当乍暖还寒
就像不可抑制的万物生长
人性中的悲悯也随万物破土而出
如此的伤感，如此的忧郁
仿佛坚石下滋生的青苔
侵蚀并试图摧毁一览无遗的强大
也许仅仅是看起来的强大
等候，我们等候的春红柳绿，是用鬓角的青丝换来
盼望，我们盼望的春梦无限，是以时光的飞逝交换
切切念念，红尘中摇曳的花朵雨来即谢
不要等，如果爱就不要等，如果恨也不要等
远离种种虚妄以及醉梦般的期待
"感时花溅泪，恨别鸟惊心"
感谢先人，春雨纷飞之中的清明节
野草萌生，枯萎与新生相见相惜，我还能再说什么
看看大自然、看看夜色、看看夜幕下诡秘的灯光
和暗影中悄然发力的种子、花朵以及叶片
它们发出的声响仿佛神秘的暗示
悲悯是天性、是最珍贵的柔情

山高水长，乡愁是不尽的依恋

乡愁，是游子回家的心愿
是少年的相思、是暮年的回忆
乡愁，是日月轮回不变的季节
是飘零的伤感、是期待憧憬和展望
山高水长，乡愁是不尽的依恋
征程漫漫，乡愁是不断前行的动力源
有时柔情似水，有时豪情澎湃

记得乡愁的这一刻，情深似海
遗忘乡愁的那一刻，壮志满怀
紧握的手，乡愁是亲
凝望的眼，乡愁是爱
大地如此平静，月亮如此清凉
喧嚣冲淡着乡愁也凝聚着乡愁

南来北往的异乡人
把食物做成月亮般圆满
把生活装点如中秋般丰盈
这月亮、这夜空、这歌声
世间美好的期待，在中秋，在中秋之夜

既为爱又为痛

浩瀚无际的星空
伟大的星辰与微小的尘埃共存
彼此照耀，彼此印证
印证彼此的存在

没有什么可担心的
你的存在是我的价值
我的存在是你的见证

没有什么可孤独的
你的孤独中有我的牵挂
我的孤独中有你的关切

某时某刻
我们为同一种感受伤怀
或者欢愉
既为爱又为痛
为世间留下情感之痕
给人间的山河岁月
增色生辉

曾经的点燃

曾经，如此厚重
意味着过去
孤独，如此迷人
意味着自由
未来，如此可疑
又如此神秘

曾经的点燃
岁月长河中的亮光
耀眼闪烁
唤醒沉睡，如清晨的阳光
新奇如叶片上的露滴
人生之初晶莹的时光

曾经的点燃
唤醒沉睡的山河岁月
世间的愉悦与苦难
成就一瞬之间
从此燃烧不言失去

记住同样的感受
记住同样的欢乐

最宽宏的温情　放弃了追逐

最宽宏的温情
放弃了追逐
留下耐心和虔诚
犹如落叶对冬天的膜拜
犹如雪花对大地的依赖
犹如赤子之心

坏脾气要改一改
冷静要改一改
激情也要改一改
不必理睬时代的习俗
保持温顺的美德
向时代让步
昔日重来

时间，亲近着所有的孩子

时间，亲近着所有的孩子
悲悯而亲切
时间，让人们变得相同
虽然，人们在追求差异的道路上
越走越远

欣然接受命运的安排
那种置身风景之间的融洽
那种轻抚亲切的暖意
暴风骤雨，温婉和煦

时间，亲近着所有的孩子
春夏秋冬，日月轮回
时间，亲近着它的所有孩子

酒蘸诗篇飞雪扬

雪天漫漫
故园依然
酒蘸诗篇飞雪扬
都市和乡村披上同样的戎装
远处传来谁的歌声

纯白色，酒壮豪情
夜幕色，浓重无边
知其白，守其黑
歌声助兴，酒香助兴
鉴古知今多少事
念之切切，思之切切
唯珍重，无笑谈

野蛮的血液奔赴高贵

我们同样孤独，东奔西突
野蛮的血液奔赴高贵
留下遍地的粗陋与匆忙

小小的躯体，筑起城市丛林
大大的理想，撑起无尽的欲望
那些文字，宛若房屋楼宇
接纳传递着人们的思想
既低俗又高尚

星辰出现的时候，太阳离场
太阳出来的时候，星辰谢幕
我们同样孤独？

没有什么可讲的，因为我愿意

没有什么可讲的，因为我愿意
我愿意放弃闲暇，在阳光下挥汗如雨
倾听树叶的声响，以及亲近大地
我愿意在消沉中沉思
放下一切的重负
向往远方，看不见的未来

我愿意为这不经意的一瞥
倾心尽力，我看到了什么
或者没有看到什么，都不重要
我不考虑重要或不重要
只关注愿意
没有什么可讲的，因为我愿意
众生喧哗在指责和赞美中
我选择愿意，那个最贴近灵魂的感觉
单纯如赤子或者像个傻瓜

没有什么可顾虑的
不是存在就是消失
我愿意，在深夜、在清晨
在任何脚步达到的地方
像任何跋山涉水的行者
心怀不老的英雄梦想
风餐露宿，绝地攀登
没有什么原因
仅仅是我愿意
（此诗由望远朗读，在喜马拉雅及老年之声，望远的配乐朗诵
提升了此诗，致谢望远。）

狂热，是生命的兴趣

雨雪纷飞
热情与冷漠相遇
悲凉与豪迈共舞
狂热，是生命的兴趣
衰落，亦是生命的兴趣
他们等待着幸福，历经苦难
他们迎接着寒冷，日久弥坚
任由那个什么的主宰
发号施令

他们，等待着重生
坚韧地伫立着，也创造着
在进化与颓废中遍布原野
对抗着亘古未变的沉默
存在是神圣的
一如失去、一如虚无
一如繁花似锦或者尘埃密布

我们熟知生命吗
如果生命以这般的状态存在
我们熟知情感吗？
如果情感寄居在七尺之躯
我们熟知世界吗
千百年来就是这个样子
山河依在，迷雾重重
我们熟知的现在以及看不见的未
来
谁在发号施令
谁又在执行

生的千百种姿态
开始绽放从未有过的风姿
绰约摇曳，意趣绵绵

我们都做了什么，你可以问问时间

我们都做了什么
你可以问问时间
你可以问问飘扬的风尘
也可以在朝阳下
或者星空下
倾听时钟的嘀嗒声

我们都做了什么
你可以问问时间
青春的骄傲和专注
未来也不会改变
阳光普照每个孩子
有时慷慨有时偏爱

我们都做了什么
你可以问问时间
百合和郁金香相继开放
我们刚好遇见姣妍
刚好谦逊地注视
刚好，看到同一处风景
我们，我们都做了什么
我说不上来
你可以问问时间

他们期待美好

我以无限虔诚的心情记下此时
过去的不再来，未来的不可知
正在经历的除了新奇还是新奇
或者以新奇的心情迎接新奇
抗拒着平淡庸常
你发现了吗
平淡和庸常之中蕴藏着爱
不易发觉却深厚浓重的爱
没完没了的牢骚和抱怨
他们期待着美好，羞于直言
我在其中
或者置身度外

冬天中绽放的花朵
连绵不绝的音乐
悠长，犹如呻吟
倾力表达生的感受
爱与痛，酸楚与忧郁
理解一些，不懂的更多
从昨天到未来
见到一些，又见到一些
时间慷慨无边

直到物我两忘的时刻，才能到达梦中的风景

无论怎样的喧嚣
浓重的爱意还是开辟了新的领地
人们的梦如此瑰丽而绚烂
甚至世俗的烟尘也不能阻挡梦想的追寻
人生的大梦随时准备拉开序幕
开启已经熟知却常看常新的戏剧
因为，因为人们如此热爱着生
热爱着喧嚣的土地，热爱着具体而现实的生活
人们，开疆拓土，为未知的幻梦而来
为浓重的情谊而备
直到物我两忘的时刻
才能到达梦中的风景
你听到抱怨了吗
不，那是爱，那是人们对爱最独特的表现
你看到淡漠的容颜了吗
不，在淡漠的神情下深藏着澎湃的激情
你感到激荡的热流了吗
一定，那是一个旺盛的生命对尘世最美的赞歌
春天来了，风不能阻挡
风在催生，催生春之万物复
所有，周而复始的循环，都是新生
在生的繁复与简单中，每个人都是政治家
生活有着太丰富的内容
在判断中选择
在选择中前行
幻想加生活，大爱如梦
一生所求，一时闪现
看到了，拥有了，存在过